AF237109

Kay Clasen

Die Wahrheit

über

Flug 327

Roman

Bibliografische Information der Deutschen Nationalbibliothek
Die Deutsche Nationalbibliothek verzeichnet diese Publikation in
der Deutschen Nationalbibliografie, detaillierte bibliografische
Daten m Internet über: http://d-nb.de abrufbar

Impressum:

Originalausgabe 2021
© 2021, Kay Clasen Neustadt/Weinstrasse
Herstellung und Verlag: BoD – Books on Demand,
Norderstedt
Alle Personen und Örtlichkeiten dieses Buches
sind frei erfunden.
Jede Ähnlichkeit mit lebenden Personen,
tatsächlichen Begebenheiten und insbesondere
existierenden Fluggesellschaften ist zufällig
und nicht beabsichtigt
ISBN 9 78375433895

Kay Clasen

Die Wahrheit

über

Flug 327

Roman

1

„Ok, ein Bier noch, aber dann habe ich die Schnauze voll," sagte ich so mehr zu mir selbst.

Seit einer Stunde saß ich hier und wartete auf meinen Gesprächspartner. Ich hatte meine Geschichte sorgfältig recherchiert, die Fakten stimmten zwar, waren logisch, waren interessant, nur die letzte Bestätigung eines unmittelbar Beteiligten fehlte mir noch. Die sollte ich heute bekommen, aber der Typ war bisher nicht erschienen. Ohne diese Aussage war meine Geschichte relativ wertlos. Ich konnte sie nicht beweisen.

Die Tage auf dieser Insel waren ganz angenehm gewesen, keine Frage, aber ohne Bestätigung meiner Erkundigungen konnte ich diese Geschichte nicht veröffentlichen. Ich versuchte zum wiederholten Male den Mann telefonisch zu erreichen. Zwecklos. Er hatte wohl kalte Füße bekommen. Es war unwahrscheinlich, dass er noch kommen würde.

Ein paar Tische entfernt von mir saß ein Mann und beobachtete mich. Ich hatte ihn gestern schon bemerkt. Als ich meine Unterlagen frustriert zusammen packte und in die Tasche steckte, stand er auf, kam an meinem Tisch und fragt ob er sich zu mir setzen dürfe.

„Bitte", sagte ich nur. Anscheinend etwas mürrisch. Klar, ich war auch schlecht gelaunt.

Er setzte sich mit den Worten:

„Ich möchte aber nicht stören".

Ich nickte nur und wies auf einen Stuhl.

„Ich vermute Sie sind Journalist," begann er die Unterhaltung.

„Mein Name ist Christian Walker. Sie können mich Chris nennen. Sie haben sicher bemerkt, dass ich Sie beobachtet habe. Auch gestern schon. Ich suche einen Journalisten, dem ich eine Geschichte erzählen kann. Haben Sie Interesse an einer Geschichte?"

„Das ist eine ziemlich überflüssige Frage," antwortete ich.

„Schließlich leben wir Journalisten von Geschichten. Und am liebsten von spannenden Geschichten, die bisher noch keiner kennt."

Auch ich stellte mich vor:

„Christiansen, Joachim Christiansen."

Er setzte sich umständlich.

Chris war ein groß gewachsener Mann, ich schätzte ihn auf Mitte fünfzig, mit lockigem grauen Haar. So ein Frauentyp, dachte ich spontan. Auffallend war allerdings seine fahle Gesichtsfarbe und seine eingefallenen Wangen, und das in diesem sonnenverwöhnten Land. So ganz gesund sah er nicht aus. Alkohol?

Das war mein erster Gedanke. Er war leger aber durchaus elegant gekleidet. Eher Designerkleidung als aus dem Warenhaus.

Seine Aussage elektrisiert mich natürlich. Eine neue Geschichte? Wo ich doch meine letzte in den Müll werfen musste.

„Ich hätte eine für Sie," sagte er und schaute mir unverwandt ins Gesicht.

„Eine Geschichte, die noch niemand kennt, die Sie umgehend weltweit auf die erste Seite in allen Medien bringen würde. Allerdings stelle ich einige Bedingungen."

Ich griff nach meinem Bier. Jetzt vorsichtig sein und nichts falsch machen.

„Welche Bedingungen meinen Sie?"

„Vorher ein paar Fragen an Sie," sagte er.

„Kennen Sie sich in der Luftfahrt aus? Können Sie schweigen? Sind Sie bereit, sich strikt an unsere Abmachungen zu halten?"

„Die Fliegerei interessiert mich sehr, ich hatte früher selbst mal ein kleines Flugzeug, insofern auch einen Pilotenschein und deshalb bin ich immer noch an Berichten über die Luftfahrt interessiert und verfolge sie. Zu Ihren anderen Fragen, wenn ich eine Abmachung treffe, selbstverständlich auch mündlich, da können Sie sich hundertprozentig auf mich verlassen. Das war und ist auch heute noch ein Grundsatz meiner Arbeit. Wenn sich einmal herumspricht, dass ich mich nicht an Abmachungen halte, dass man sich auf mich nicht verlassen kann, dann kann ich einpacken."

„Ok" sagte er

„Bedingung Nummer eins, Sie dürfen diese Geschichte vorläufig niemanden erzählen und Sie dürfen sie erst dann veröffentlichen wenn ich nicht mehr lebe. Warum werden sie verstehen, wenn Sie die Geschichte kennen. Ich werde Ihnen dafür alle Rechte übertragen. Und bevor Sie diese Frage stellen, sie liegt natürlich auf der Hand, ich verlange dafür kein Geld sondern nur, dass Sie die ganze Geschichte so veröffentlichen wie ich sie Ihnen erzähle."

„Könnte schwierig sein," entgegnete ich.

„Ich denke ich bin gut 10-15 Jahre älter als Sie. Insofern sind meine Chancen die Sache zu publizieren, nicht sonderlich gut."

„Richtig," sagte er,

„es gibt allerdings eine Sache, die Sie nicht wissen können. Mein Arzt hat mir vor Kurzem gesagt, ich hätte noch 4-5 Wochen zu leben. Das wäre es dann. Heilungschancen gibt es keine. Aber damit habe ich mich auch abgefunden."

„Das heißt, ich schreibe Ihre Lebensbeichte auf?"

„Könnte man so sagen, allerdings nur die letzten sechs Jahre. Die andere Zeit ist ohnehin ziemlich uninteressant," setzte er hinzu.

„Einverstanden?"

„Einverstanden", sagte ich und reichte ihm die Hand über den Tisch.

„Vorher würde ich Ihnen dort gerne noch einmal auf den Zahn fühlen und ihr Wissen testen. Was sagt Ihnen Flug 327?"fragte er.

Bei mir klingelten alle Alarmglocken. Flug 327, das war doch? Vor sechs Jahren? Ich hatte alle Bericht über das Verschwinden dieses Flugzeuges sorgfältig verfolgt, im Grunde bis heute. Die Öffentlichkeit hat das Thema längst abgehakt. Ich schaute von Zeit zu Zeit noch einmal im Internet nach, ob es neue Erkenntnisse gab, aber mir waren die bisherigen Untersuchungsergebnisse nicht einleuchtend. Ich hatte mir meine eigenen Lösungsversuche gemacht. Und jetzt hier plötzlich so eine Frage? Mein Gegenüber beobachtete mich aufmerksam ohne eine Miene zu verziehen.

„Natürlich sagt mir Flug 327 etwas. Ich hab mich damals sehr intensiv mit dem Thema befasst. Auch weil ich wahrscheinlich ein halbes Jahr vorher schon mal in dieser Maschine gesessen habe. Damals auf einem Flug von KL nach Bali. Ich war ursprünglich der Überzeugung, dass es sich hier um einen Unfall bei einem militärischen Manöver handelte, das man selbstverständlich mit allen verfügbaren Mitteln verschweigen wollte.

Dann habe ich mir das Buch eines ehemaligen Flugunfallermittlers besorgt, der die gefundenen Wrackteile sehr genau untersucht hat und habe es sehr aufmerksam studiert. Seine Überlegungen, dass das Flugzeug nicht abgestürzt, sondern bewusst auf dem

Wasser gelandet wurde, hat mich überzeugt. Das war sehr sorgfältig recherchiert. Wobei natürlich dann sofort die Frage auftaucht, warum. Wer fliegt stundenlang über das Meer, wenn er sich umbringen will? Da ist doch die Sache mit dem Flug von Germanwings viel einleuchtender. Der Pilot steuerte gegen einen Berg und fertig. Und noch etwas fiel mir dabei auf, es wurde nie darüber gesprochen, dass der oder die Piloten überlebt haben könnten. Dass das möglich ist, hat ja die Landung von Pilot Sullenberger auf dem Hudson bewiesen. Soweit meine Überlegungen."

Mein Gegenüber schwieg eine ganze Weile.

„Gut überlegt," sagte er.

Dann setzte er sich aufrecht hin und sagte:

„Mein richtiger Name ist Malcolm Stanley Mortimer. Ich war der Pilot des Fluges 327 auf dem Weg von Singapur nach Peking, genau heute vor vor sechs Jahren."

Schweigen.

2

Obwohl es schon sehr spät war, brannte in der Forschungsabteilung der Global-Scientific-Enterprise noch Licht. Man war auf ein Problem gestoßen und konnte sich davon nicht lösen, konnte nicht so einfach Feierabend machen. Dann würde es die ganze Nacht über nicht aus dem Kopf verschwinden. Das wusste man aus langer Erfahrung. Zumindest ein Lösungsansatz musste her. Letztlich schlugen sie doch die Tür hinter sich zu und machten sich auf den Heimweg.

„Hast Du einen Augenblick Zeit?" fragte Wilson Parker seinen Kollegen Mitchel Chang, als sie nebeneinander her gingen.

„Ich wollte mal was mit Dir bereden. Komm lass uns dort auf die Bank setzen und eine rauchen."

„Was gibt's denn Wichtiges?"

„Chester hat mir gesagt, dass wir mit unserer neuen Entwicklung kurz vor dem Durchbruch stehen."

„Ja, hab ich auch gehört. Prima, wenn es tatsächlich klappt."

„Finde ich auch, wäre toll. Weißt Du, mir geht schon länger der Gedanke im Kopf herum, dass unser Boss, beziehungsweise die Firma GSE und letzten Endes ganz besonders unser Geldgeber, der Konzern van Holberg, damit die ganz große Kohle macht. Wir bekommen dann einen feuchten Händedruck und wenn wir Glück haben eine Prämie. Mir ist das einfach nicht genug. Wir Sechs haben die Sache entwickelt. Wir sind auf diesem Gebiet weltweit die Besten. Selbst unser Boss Boris hat von der Technik wenig Ahnung. Finanztechnisch ist er sicherlich ganz gut. Ich meine wir sollten uns mal zusammensetzen und überlegen, wie wir an diesem Milliardengeschäft, wenn es denn zustande kommt, mit teilhaben. Ohne uns geht es nicht, das weiß auch unser Boss. Was hältst Du davon?"

„Recht hast Du. Und wie wollen wir das anfangen?"

„Ich hab da so eine Idee. Wir sollten uns alle sechs mal zusammensetzen und darüber beraten."

„Am Freitag ist der Boss nicht da, da können wir uns am Nachmittag treffen und darüber reden. Ich will den Anderen mal Bescheid sagen".

So traf man sich am Freitag kurz vor Feierabend und Wilson erläuterte seine Idee. Gute Idee hörte er allenthalben, nur wie ausführen.

„Es ist ja nicht nur Boss Boris," warf Bred ein,

„der ist hier auch nur General Manager oder Generaldirektor, hört sich besser an. Aber er hat auch einen Boss, auf den er hören muss. Und von dem kommt das Geld. Unsere Forschungen haben bisher ein Schweinegeld gekostet, mehr als dieser Laden jemals erwirtschaftet hat. Insofern ist der Boss der Bosse der entscheidende Punkt."

„Klar, auch dem müssen wir unsere Idee schmackhaft machen. Ich stelle mir das so vor: Wir sind zwar noch nicht ganz so weit, aber wir bereiten schon die Patentschrift vor. Und in dieser Patentschrift sind wir sechs die Urheber. Das reichen wir so einfach ein."

„Geht nicht, wäre unfair. Wir müssen auf jeden Fall Boris mit ins Boot nehmen. Er hat zwar von der Technik keine Ahnung, aber er hat uns die Kohle besorgt. Also sind wir sieben Teilhaber, zu gleichen Teilen. Und damit die Herrschaften beruhigt sind, dass wir keinen Scheiß anstellen, machen wir noch einen Vertrag in dem steht, dass man seine Anteile nur mit Zustimmung aller anderen verkaufen darf. Nur falls einer von Euch auf die Idee kommen sollte seinen Anteil an die Russen zu verkaufen oder so."

„Das reicht denen noch nicht. Schließlich könnten wir ja alle sieben zu den Russen gehen oder zu den Chinesen oder den Taliban oder weiß der Himmel."

„ Die Chinesen lass mal weg," sagte Lie,

„die forschen vermutlich selbst an solchen Sachen, die werden gar nicht interessiert sein. Aber wir können natürlich durchaus damit einverstanden sein, dass die Vermarktung durch die Firma GSE erfolgt. Ist für uns sicher kein Nachteil, denn auch die will möglichst viel Kohle verdienen."

„Tom, Du bist hier unser Paragrafenreiter. Entwirft doch mal einen Vertrag und bereite die Unterlagen für eine Patentschrift vor."

„Kann ich tun," nickte dieser.

„Habt ihr Euch mal überlegt, was so eine Aktion für uns an Risiko bedeutet? Ich meine so ganz locker wird das unsere Firma nicht schlucken. Wir sind schließlich Angestellte und was wir schaffen gehört dem Laden. Gut, rausschmeißen können sie uns nicht, da es keine Leute gibt die unser Wissen haben und es weiterführen könnten. Zumindest würden sie sehr viel Zeit verlieren und Zeit kostet Geld. Und besonders viel bei unserem Projekt. Aber wir sollten es versuchen. Wir gelten hier in der Firma doch ohnehin als die Exoten, die, die sich alles erlauben dürfen. Wir sollten es machen. Im Vergleich zum möglichen Gewinn ist das Risiko tolerierbar. Apropos unser Projekt, wir müssen uns endlich mal einen Namen ausdenken dafür. Hat jemand einen Vorschlag?"

Alle redeten durcheinander. Letztlich übertönte Chester sie alle und sagte:

„Dongcha li, >Projekt Dongcha li< wäre mein Vorschlag."

„Protest," rief Lie zwischen,

„wir haben gerade gesagt, wir wollen nichts chinesisches in unserem Projekt."

„Was heißt denn das?" wollte Tom wissen.

„Das heißt so viel wie Durchblick haben."

„Hmm, an sich nicht schlecht, die Radarstrahlen haben den Durchblick, sie reflektieren nicht, sondern schauen hindurch und sehen nichts."

„Ich hab's", warf Bred ein,

„erinnert ihr Euch noch an die Zeit, als die Sowjetunion aufgelöst wurde? Da gab es einen Ministerpräsidenten Gorbatschow der auch den Durchblick schaffen wollte, den Durchblick in Politik und Verwaltung. Sein Stichwort war – Glasnost."

„Prima, das ist es," sagte Wilson.

„Ein russisches Kennwort für unser Projekt und es dann an die Amerikaner verkaufen. Klasse. Gut, machen wir jetzt Feierabend und gehen nach Hause zum Nachdenken."

Am Montag hatte Tom seine ihm aufgetragene Arbeit

gemacht und zeigte sie seinen Kollegen. Man beschloss möglichst bald mit dem Boss zu reden. Die Gelegenheit ergab sich schon am nächsten Tag als er die sechs Ingenieure zur Besprechung in sein Büro rief.

„Wie ihr wisst, brauchten wir mal wieder Geld in der Kasse. Deshalb war ich gestern beim großen Boss, um etwas locker zu machen. Es war eine etwas zähflüssige Unterhaltung. Er will endlich Fakten sehen. Verständlich, denn auch er muss seinem Vorstand Rechenschaft ablegen. Deshalb habe ich ihm gesagt, dass wir kurz vor dem Durchbruch stehen. Die letzten Versuche wären sehr vielversprechend gewesen. Ich verstehe, wenn ihr jetzt sauer seid, immerhin hatten wir es anders besprochen. Aber dieses war die einzige Chance, ohne Abstriche weitermachen zu können. Ich hoffe, ihr versteht mich, das Projekt ist schließlich überwiegend Euer Projekt."

Die sechs hatten schweigend zugehört. Schließlich sagte Tom: „Verstehe, war wohl richtig so."

Boris McDouglas räusperte sich.

„Das ist aber noch nicht alles, was ich zu sagen habe. Ich habe den Auftrag, unser Projekt und unsere bisherigen Ergebnisse in der nächsten Woche der amerikanischen Air-Force in Washington vorzustellen. Man möchte sie schon mal dafür interessieren. Ich soll denen keine Fakten mitteilen, sondern nur das Projekt erläutern und die Möglichkeiten, die sich daraus ergeben."

Tom ergriff die Chance.

„Wir haben uns in den letzten Tagen auch Gedanken über das Projekt gemacht und sind zu der Meinung gekommen, wir sieben sollten daran auch finanziell den gebührenden Anteil bekommen."

Dann erläuterte er was die sechs Ingenieure in der letzten Woche besprochen hatten. Boris hörte aufmerksam zu. Es schmeichelte ihm sichtlich, dass er zu dem Entwicklerteam dazu gezählt worden war.

„Ich nehme es erst mal zur Kenntnis, darüber muss natürlich noch gesprochen werden. Insbesondere mit denen da oben. Aber jetzt mal zu den Tatsachen. Wenn ich den Militärs das Projekt erläutern soll, muss sich etwas mehr wissen. Bisher habe ich mich vor der Technik sehr zurückgehalten. Wer klärt mich mal auf, und zwar so, dass ein Kaufmann es verstehen kann."

„Wir wollen heute Nachmittag einen neuen Testlauf machen," sagte Chester.

„Wie wäre es wenn Du dazu stößt? So gegen 14:00 Uhr in Halle drei."

„In Ordnung, ich bin da."

Als Boris McDouglas pünktlich in die Halle traf, war der Versuch schon vorbereitet. In der Mitte stand auf einem Podest das Modell eines Flugzeugs. Es war knallrot angestrichen. Chester nahm seinen Boss gleich an die Hand:

„Ich erkläre das mal ganz einfach."

„So für Blöde?"

16

„Nein, nur für technisch weniger Versierte. Das Modell dort ist aus Aluminium, zumindest der Rumpf. Die Flügel sind aus Karbon und die Triebwerksgondeln aus Stahlblech. So haben wir die drei wesentlichen Baustoffe eines Flugzeugs zusammen. Unser Konverter, das eigentliche Geheimnis dieses Projekts, ist durch ein Kabel mit dem Modell verbunden. Es ist zu groß, um es drinnen unterzubringen. Das sieht natürlich später in der Realität anders aus als am Modell. Der Konverter wird etwa so groß, wie ein Reisekoffer sein. Als Radarsender nehmen wir für die Versuche hier ein Sekundärradar. Das gleiche Gerät, das man auf Flugplätzen bei der Anflugkontrolle auf dem Gleitpfad verwendet. Ein großes Rundsichtradar ist für die Versuche nicht geeignet. Die Strahlenbelastung wäre hier in der Halle zu groß. Die Kiste dort hinten ist unserer Konverter. Wir haben ihm den Namen REX gegeben. Kommt von Radar-ex. So, jetzt komm mit in unser Kontrollzentrum."

Sie traten in eine Kabine, in der die anderen schon dabei waren, ihre Messgeräte und Computer zu kalibrieren. In der Mitte des Kontrollpultes stand ein Radarschirm. Chester schaltete das Radar ein und auf dem Bildschirm begann ein leuchtender Zeiger hin und her zu wischen, ähnlich dem Scheibenwischer beim Auto. Jedes Mal, wenn er einen bestimmten Punkt erreicht hatte, leuchtete dort ein heller Fleck auf.

„Das ist unser Objekt, unser Flugzeug dort auf dem

Gestell. Die Radarstrahlen haben ihn erfasst, reflektieren das Ergebnis und zeigen es auf dem Bildschirm an. Jetzt pass mal auf."

Er kippte einen Hebel runter und beim nächsten Durchgang des Zeigers war der helle Fleck auf dem Bildschirm verschwunden.

„Du siehst, das Radar sieht nichts. Unser Objekt ist durch den Konverteranschluss nun für die Radarstrahlen nicht mehr zu orten. Den Konverter kann die Flugzeugbesatzung später nach Belieben ein und ausschalten. Sie können sich also unsichtbar machen, zumindest für das Radar, wenn sie es für erforderlich halten. Wir denken sogar, dass es einmal möglich sein wird, das Objekt sogar visuell unsichtbar zu machen. Aber das ist Zukunftsmusik. Wir werden jetzt einige Versuchsreihen fahren. Aber ich denke, das ist für Dich nicht so interessant. Was möchtest Du noch wissen?"

„Ich sehe, dass es geht, aber weshalb geht es? Was bewirkt dieses Ergebnis?" fragte Boris

„Im Prinzip modifizieren wir Wellen. Zu diesem Zweck muss die Konstruktion des Flugzeugs mit dem Konverter verbunden sein. Sagen wir , sie muss geerdet sein. Nun gibt es da oben natürlich keine Erde, sondern unser Konverter wird zur Erdung. Mehr brauchst Du nicht zu wissen und die Yankees schon gar nicht."

„Ich brauche für die Leute dort noch irgend etwas Konkretes. Wenn ich nur erzähle, wird es ihnen nicht reichen. Habt ihr vielleicht ein paar unverfängliche Konstruktionszeichnungen oder Berechnungen, können ja gerne uralte sein. Ich werde sie auch nicht aushändigen sondern nur damit wedeln."

Er schaute Chester fragend an.

„Was hältst Du davon wenn wir von dem was Du eben gesehen hast, einen kurzen Videoclip machen? Das kriegen wir sicherlich so hin, dass da keine Geheimnisse zu sehen sind."

„Ja prima, wird Eindruck machen. Was kann ich denn sagen, wann das Gerät einsatzbereit ist? Ich meine in richtigen Flugzeugen mit Besatzung?"

„Also etwas Zeit brauchen wir dafür schon noch, aber wenn es im Modell geht, geht es auch in der Realität, davon sind wir jedenfalls überzeugt. Nun, einige Monate wird es sicher dauern.

Du kannst die Herrschaften ja mal fragen, was sie davon halten, wenn die bösen Russen dieses Patent hätten. Dann könnten Bombenflugzeuge über Manhattan stundenlang kreisen und keiner würde etwas davon merken. Wird sie bestimmt begeistern. Umgekehrt ginge es natürlich auch, kreisen über Moskau. Je nachdem wer schneller ist, oder auch wer besser bezahlt."

Boris ging nachdenklich aus der Werkstatt. So richtig begriffen hatte er nicht, was da vor sich ging, aber für seine Unterredung im Pentagon würde es reichen. Er konnte sich jetzt schon die gierigen Augen der Militärs vorstellen.

Bei der nächsten Teambesprechung war man von den Ergebnissen der Tests ganz begeistert.

„Läuft ja wie geschmiert," sagte Tom.

„Langsam, langsam," entgegnete Bred,

„zur Serienfertigung langt es noch immer nicht. Aber ohne Chesters genialen Einfall wären wir sicher noch nicht so weit, das müssen wir ihm ohne Neid zugestehen. Wie bist Du eigentlich auf diese doch sehr sehr ungewöhnliche Idee gekommen?"

Chester kratzte sich am Kopf.:

„Schwer zu sagen, plötzlich wusste ich, das ist es. Ich denke es ist die Mischung aus westlichem Know-how und alter chinesischer Denkweise gewesen. Ich habe in Shanghai studiert, Elektronik und Maschinenbau. Das sind zwar alles sachliche und technische Wissenschaften, aber die Chinesen denken halt mitunter etwas anders als ihr hier im Westen. Das ist jetzt keine Wertung, es ist nur häufig die andere Sicht der Dinge. So war es wohl auch hier. Ich kenne aus meiner Familie noch die alten Sitten und Gebräuche. Ihr würdet mit dem Kopf schütteln wenn ihr sie alle kennen würdet. Aber es hat alles seinen tieferen Sinn und steckt zu einem gewissen Teil noch in mir drin. Hier hatte ich eben plötzlich den Gedanken: Probiere mal was Neues. Und das hat hin gehauen."

Tom war etwas nachdenklich geworden.

„Unsere ganze Entwicklung funktioniert doch nur mit Chesters Programm. Ohne das ist es nahezu wertlos. Wenn nun jemand unsere gesamten Daten klaut, kann er ohne dieses Programm nichts damit anfangen. Ich denke wir sollten deshalb sein Programm besonders schützen. Es zum Beispiel nicht zu den übrigen Daten in unseren Firmentresor legen. Stellt Euch vor, man schmeißt uns morgen raus, in Anbetracht unserer Forderungen ist das ja gar nicht so unwahrscheinlich. Dann machen andere Ingenieure einfach weiter. Wir gehen statt dessen zum Arbeitsamt und suchen nach einem neuen Job. Das müssen wir verhindern. Mein Vorschlag, Chesters Datei müssen wir gesondert aufbewahren. Wie, sollten wir noch überlegen. Und, so ganz unter uns, Boris muss das nicht unbedingt wissen."

„Du hältst ihn nicht für vertrauenswürdig?"

„Das will ich damit nicht sagen, aber er steht ziemlich unter Druck,"sagte Tom. Man will Erfolge sehen. Und da kann man schon mal etwas Unbedachtes machen. Wir sechs können uns aufeinander verlassen, da bin ich sicher. Und wenn einer aus der Reihe tanzt schneide ich ihm eigenhändig den Hals durch."

Man nickte zustimmend.

Nach einer Woche war Boris McDonald von seiner Reise wieder zurück in seiner Firma. Die Entwicklungscrew schaute ihn fragend an.

„Tja, was soll ich sagen? Die Generäle machten natürlich große Augen, wollten wissen, wann wir denn liefern könnten oder wann wir Ihnen unsere Konstruktionsunterlagen geben würden. Sie reden viel von nationaler Sicherheit, von unserer Bündnistreue, von Verantwortung im Rahmen der NATO. Und so weiter. Als ich die Sprache auf eine finanzielle Beteiligung an unseren doch sehr aufwendigen Forschung brachte, wollte man davon allerdings nichts wissen. Kurz gesagt, man ist sehr gierig darauf, möchte es aber alles umsonst.

Dann stellten sie mir einen Major Donald F. Parker vor. Er wäre jetzt Verbindungsmann zwischen dem Pentagon und der Firma GSE. Mit ihm sollen wir in Zukunft Details besprechen. Also, im Vertrauen, ein unangenehmer Typ, so ein Karrieremensch. Er sagte mir später so zwischendurch, Karriere machen könnte man als Offizier nur im Krieg. Leider gäbe es im Augenblick keinen. Deshalb hatte er sich Chancen im Geheimdienst versprochen. Ich konnte ihn nur mit Mühe abwimmeln. Am liebsten wäre er gleich mit zu uns gekommen..

Also Jungs, Ihr wisst Bescheid. Leider befürchte ich, dass sich die Air-Force an unsere Muttergesellschaft wendet und dort Druck macht. Meine Reise war somit für uns ein absolutes Fiasko."

„Scheiße," murmelte Tom und alle anderen nickten.

„Ich habe morgen einen Termin bei van Holberg. Da werde ich dann auch euren Vertragsvorschlag besprechen. Ich bin selbst gespannt auf seine Reaktion.

„Ihre Leute sind ja ganz schön mutig," sagte van Holberg nachdem Boris McDouglas ihm die Vertragsvorstellungen der Ingenieure aus dem Forschungslabor vorgetragen hatte.

„Ich meine, wir können doch einfach ablehnen. Wir können sie auch bei nächster Gelegenheit rausschmeißen. Was hindert uns daran? Es sind Angestellte, mehr nicht. Oder?"

„So ganz einfach würde ich es nicht sehen," antwortete McDouglas,

„es würde uns zuerst viel Zeit kosten, neue Leute einzuarbeiten. So ganz einfach ist das Metier nicht, da braucht es schon spezielle Fachkenntnisse. Schon solche Leute zu finden wäre nicht einfach. Und diese sind nun mal sehr gut, keine Frage."

„Aber Sie wissen doch auch Bescheid, als Generaldirektor."

„Ich bin in erster Linie Kaufmann, ich beobachte was sie tun, und ich kontrolliere es. Kontrolliere auch wofür das Geld ausgegeben wird. Ohne meine persönliche Freigabe läuft da gar nichts. Von den physikalischen Vorgängen habe ich wenig Ahnung. Natürlich habe ich Zugang zu allen Unterlagen, auch zu den als geheim eingestuften. Wir haben einen Tresor im Betrieb, der nur für dieses Projekt genutzt wird. Sieben Leute haben Zugang, einer davon bin ich. Und es müssen immer zwei Ingenieur ihn öffnen. Einer alleine kann es nicht. Ich bin als Generaldirektor der Einzigste, der das kann. Vor meiner Reise nach Washington haben sie mir demonstriert, wie man ein Objekt per Knopfdruck vom Radarschirm verschwinden lassen kann. Auch die Militärs im Pentagon waren beeindruckt als ich ihnen ein Video davon vorspielte. Natürlich wissen die Leute inzwischen, was sie wert sind. Das wollen sie ausnutzen. Wie wir Kaufleute es ja im Grund auch immer tun." McDouglas hatte sich richtig in Rage geredet.

„Ja," erwiderte van Holberg,

„die große Frage ist natürlich, was bringt uns dieses Projekt letztlich überhaupt ein. Im Vertragsentwurf steht, dass es nur durch die GSE vertrieben werden darf. Da können wir schon mal bestimmen, was Sache ist. Zum Anderen wird nirgendwo über Geld gesprochen. Auch da haben wir doch letztlich das Sagen. Dass sie anständig beteiligt, werden finde ich auch in Ordnung. Gut, ich werde die Angelegenheit mal mir unserer Muttergesellschaft besprechen und mich dann bei Ihnen melden. Im Übrigen zähle ich auf Sie, Mister McDouglas, zähle auf Ihre Loyalität der Firma gegenüber. Sie wissen warum. Sie wissen auch, warum Sie auf diesem Posten sitzen. Es sind jedenfalls nicht Ihre kaufmännischen Fähigkeiten. Ich denke, wir verstehen uns."

Damit war das Gespräch beendet und die Sekretärin geleitete den Generaldirektor hinaus. Van Holberg ließ sich mit dem Konzernvorstand in New York verbinden.

3

Die Operationszentrale des Konzerns van Holberg befand sich im Holberg Building, im Bankenviertel von London. Obwohl van Holberg im obersten Geschoss eine luxuriöse Wohnung besaß, nutzte er sie nur sehr wenig. Er war nur in der Zentrale wenn es unbedingt sein musste und so kurz wie möglich. Meistens hielt er sich in seinem Landsitz in der Nähe von York auf. Das waren von London City mehrere Stunden mit dem PKW, aber wozu gab es, nur wenige Minuten von seinem Office entfernt, den Heliport Edmiston. Von dort mit dem Hubschrauber war es nur noch ein Katzensprung und auf seinem ausgedehnten Gelände konnte er landen, wo und wann er wollte. Der Landsitz war sehr groß, mit ausgedehnten Wäldern und einem Haus, einem Schloss, dass man unmöglich alleine bewohnen konnte. Es gab zwar eine Mrs. van Holberg, die spielte aber kaum eine Rolle. Er traf sich mit seiner Ehefrau drei bis vier Mal im Jahr zu wichtigen Veranstaltungen, Anlässen, zu denen man unbedingt zu zweit erscheinen musste um Gerede zu vermeiden. Ansonsten lebte jeder sein eigenes Leben. Van Holbergs privates Interesse galt auch mehr jungen Frauen, ja, man kann sogar sagen: Jungen Mädchen.

Er hatte vor einigen Jahren einen Gebäudeflügel an eine Ballettschule verpachtet. Eine Ballettschule mit angegliedertem Internat. Hier wurden talentierte Mädchen ausgebildet. Er förderte dieses Institut mit größeren Summen. Durch die exzellente Leitung und ausgesuchte Dozenten hatte es sich einen sehr guten Ruf in der Branche erworben. Für van Holberg hatte es noch einen ganz privaten Vorteil. Immer wenn eines der Mädchen körperlich nicht mehr dem Idealbild einer Balletttänzerin entsprach, insbesondere im Laufe der Zeit zu viel Busen bekam und deshalb die Ausbildung abbrechen musste, oder dem harten Training nicht mehr gewachsen war, kümmerte er sich persönlich um diese Eleven. Das hieß einmal, er sorgte dafür, dass sie eine offizielle Beschäftigung auf seinem Besitz bekam und er nahm sie unter seine ganz persönlichen Fittiche. Da diese Mädchen nicht immer, man kann sagen fast nie, volljährig waren, lief natürlich alles unter strikter Geheimhaltung. Da van Holberg jedoch alle Beteiligten mit seinen speziellen Mitteln unter Druck setzte, konnte er sich dessen sicher sein. Jetzt wollte er möglichst schnell wieder nach Yorkshire, da ihm die Leiterin der Ballettschule eine vielversprechende Mitteilung geschickt hatte.

Der Konzern war zwar ein eigenständiges Unternehmen, aber durch viele ausgeklügelte Verträge mit dem Vermögensverwaltungsimperium Green Valley eng verbunden. Die Entscheidung über außergewöhnlich große Unternehmungen wurden daher gemeinsam mit dessen Vorstand getroffen.

4

Als Chantal Duvosier, die Ballettmeisterin, den Hubschrauber hörte, wusste sie, van Holberg ist wieder zurück. Sie wartete noch eine gute Stunde, dann ließ sie sich bei ihm melden.

„Hallo Chantal, gut siehst Du wieder aus."

„Danke, Philip-Alexander, das Gleiche gilt Dir. Wie war es in London?"

„Ätzend wie immer und ewig die gleichen Probleme. Warum können so gut bezahlte Manager diese nicht selbst lösen."

„Und privat? Ohne weibliche Begleitung ist auch das luxuriöseste Appartement langweilig. Oder?"

„Ich hätte Dich natürlich einfliegen lassen können."

„Hättest Du, hast Du aber nicht."

„Ich hab dran gedacht, aber soll man alte Geschichten wieder aufleben lassen? Mit uns funktioniert es auch immer nur für kurze Zeit, wie Du weißt. Aber deshalb bist Du nicht gekommen."

„Ich hätte da was für Dich. Es hat sich herausgestellt, dass eines unserer süssesten Mädels die Ausbildung aufgeben muss. Sie ist einmal dem harten Training nicht gewachsen und außerdem hat sich im Laufe der Zeit ihre Figur etwas von der Idealfigur einer Balletttänzerin entfernt. Ich denke, sie würde genau Deinem Geschmack entsprechen."

„Zuviel Busen?"

„Für uns schon, aber sonst prima. Wir lassen die Mädels zwei mal im Jahr medizinisch untersuchen. Die Brigit hab ich besonders intensiv checken lassen. Du verstehst? Jungfrau ist sie nicht mehr, aber sonst ok. Vielleicht könntest Du Dich um sie kümmern?"

„Dann stell sie mir doch mal vor."

„Gut, morgen. Und was machst Du heute noch?"

„Ich hatte vor, Dich zum Dinner zu laden. Ich dachte ich sorge für Vorspeise und Hauptgericht..."

„Und ich für das Dessert, oder?"

„So ähnlich. Dann um sieben?"

„Ich bin da. Ich hab Dir noch ein Foto von ihr mit gebracht."

Als van Holberg das Foto betrachtete bedauerte er fast, dass er Chantal zum Dinner eingeladen hatte.

„Mir den jungen Dingern hat man ja so seine Mühe," sagte van Holberg später beim Dinner.

„Ja," erwiderte Chantal,

„Hat man, aber meistens lohnt sich die Mühe doch. Du siehst es an mir. Im Übrigen kann ich Deine Vorliebe für junge Mädchen mittlerweile gut nachvollziehen. Ich denke da durchaus ähnlich."

Dabei reckte sie sich ihm mit einem bezaubernden Lächeln vorteilhaft entgegen.

„Du warst ja auch besonders begabt. Deshalb bist Du auch perfekt geworden. Bist Du immer noch perfekt?"

„Probiere es doch aus. Ich bin das Dessert, Du kannst mich vernaschen."

Das Dessert war sehr anstrengend und van Holberg stellte fest, dass er nicht mehr der Jüngste war. Als er einschlief, wartete Chantal noch eine Weile, bevor sie davon schlich.

Am nächsten Tag stellte sie ihm Brigit vor. Van Holberg war begeistert. Genau seine Idealvorstellung. Auf Chantal war eben Verlass.

„Du wirst bei uns einen Vertrag als Küchengehilfin bekommen", begann van Holberg,

„und auch danach bezahlt werden. Das ist reine Formsache. Du wirst nie oder kaum in der Küche arbeiten, sondern nur hier bei mir Aufgaben erfüllen, die ich Dir persönlich zu weise. Du wirst in der Jasminsuite wohnen. Dein Gehalt kannst Du sparen, da Essen, Kleidung, Kosmetik und so weiter, durch mich gesondert bezahlt werden. Wir treffen uns heute Abend zum Dinner um sieben. Kleide Dich bitte besonders nett. Mein Butler Jean wird Dir jetzt Deine Suite zeigen und Dich dann etwas im Haus herum führen. Damit Du Dich hier nicht verläufst."

Auf einen Wink kam Jean und holte sie ab.

„Sorge dafür, dass die Sachen von Madam Brigit von der Ballettschule in ihr Zimmer gebracht werden", gab er ihm mit auf den Weg.

Jean verbeugte sich.

Brigit war überwältigt von der Pracht des Schlosses und insbesondere von der Suite, ihrer Suite, in der sie jetzt wohnen würde. Sie war sehr gut ausgestattet, mit TV, PC und einem geräumigen Bad. Selbst ein Balkon zum Sonnen war vorhanden. Welche Aufgabe sie zu erfüllen hatte, war ihr zwar noch völlig unbekannt, aber das würde sich schon finden.

Sie überlegte lange, wie sich sich heute Abend kleiden sollte. Viel Auswahl hatte sie nicht. Schminke dich sehr dezent, hatte Chantal ihr gesagt, der Baron mag es nicht, wenn du zu dick aufträgst. Außerdem braucht deine zarte Haut kein Make Up. Wer wohl sonst noch zum Dinner da sein würde, fragte sie sich.

Jean kam und holte sie ab. Im Eßsalon sah Brigit, dass nur für zwei Personen gedeckt war. Der Baron war sehr charmant, fast übertrieben höflich. Er erzählte ihr von den vielen Möglichkeiten, die es hier auf seinem großen Besitz gäbe. Vom Schwimmen und Reiten, Tennisspielen, Motorradfahren und vieles mehr. Champagner kannte sie nur vom Hörensagen, insbesondere war ihr dessen Wirkung völlig unbekannt. Van Holberg schenke ihr fleißig ein und so war es für ihn ein Leichtes, sie in ihre Suite zu begleiten und ihr dort zu zeigen, was er hauptsächlich von ihr erwartete.

„Nun?" fragte Chantal, als sie sich am nächsten Morgen beim Waldlauf trafen.

„Ich muss noch viel Arbeit in sie investieren, aber sie

hat Potenzial und vor allem einen traumhaften Körper."

„Da hast Du ja Erfahrungen genug," sagte sie

„und wenn Du mal wieder eine perfekte Frau brauchst, so zwischendurch, ruf mich einfach an."

Damit verschwand sie seitlich in Wald.

Am Nachmittag erklärte er Brigit ihre Aufgaben.

„Deine Pflichten sind sehr einfach. Du hast immer zu tun, was ich Dir auftrage und Du darfst mit niemanden darüber reden, was Du hier machst. Wenn Du dagegen verstößt, kann es für Dich sehr unangenehm werden. Sonst aber wirst Du hier ein angenehmes Leben führen. Gleich kommt meine Hausdame Claire. Ihr werdet dann gemeinsam in die Stadt fahren, damit Du die richtige Kleidung bekommst. Claire weiß schon, was Dir steht."

So war es. Claire probierte mit Brigit nicht nur die richtigen Kleider an, sondern ganz besonders auch die passenden Dessous. Sie wusste, was der Baron bevorzugte.

Nach kurzer Zeit fand Brigit das Leben auf dem Landsitz ganz angenehm. Sie konnte tun und lassen was ihr beliebte, so lange sie den Besitz nicht verließ und der Baron nicht nach ihr verlangte, was allerdings sehr häufig geschah, zumindest in den ersten Wochen. Selbst seine Aktivitäten fand sie von Mal zu Mal angenehmer. Claire und Jean waren ihr immer sehr behilflich.

Butler Jean hatte das volle Vertrauen des Barons. Was

der allerdings nicht wusste: Jean stand auf der Ge-
haltsliste von Green Valley.

5

Seinen morgendlichen Waldlauf hielt van Holberg
konstant aufrecht, zumindest wenn er auf seinem
Landsitz weilte. Hin und wieder begegnete ihm
Chantal. Man lief ein Stück gemeinsam, tauschte ein
paar Worte und dann zog jeder wieder seine gewohn-
te Bahn.

Eines Tages war Chantal nicht alleine. Sie war in Begleitung einer Dame mit einer aufregenden Figur, wie
van Holberg schon von weitem erkannte.

„Meine Kollegin und Freundin Chen Lu," stellte
Chantal sie vor.

„Sie führt eine renommierte Ballettschule in Shanghai
und möchte einmal sehen, wie wir hier arbeiten."

Chen Lu schenkte dem Baron ein betörendes Lächeln,
was Chantal gleich zu der Bemerkung veranlasste:

„Ich glaube es ist besser, wenn ich euch nicht alleine
lasse."

Und zu Chen Lu gewandt:

„Ich kenne ihn nur zu gut."

„Wir werden Dich als Anstandsdame einstellen,"
erwiderte van Holberg lächelnd.

„Sollten wir nicht heute Abend einen Versuch starten, so zu dritt zum Dinner?"

So war es dann auch. Es wurde ein angenehmer Abend mit interessanten Gesprächen. China, dachte van Holberg dabei, China wäre eine Region, wo wir durchaus noch Expansionsmöglichkeiten hätten. Chen Lu war nicht nur sehr bewandert in Fragen des Tanzes und der Choreographie, sondern wusste auch in über die Wirtschaft ihres Landes außergewöhnlich gut Bescheid.

Es blieb nicht bei diesem einmaligen Treffen und Chantal war bei allen anderen Begegnungen auch nicht immer anwesend.

„Terminprobleme," sagte sie dann entschuldigend mit einem süffisanten Lächeln. Chen Lu war sehr aktiv dabei, dem Baron den Kopf zu verdrehen und der ließ es mit Genuss geschehen. Allerdings wohnte sie weiterhin bei Chantal, so dass van Holberg ausreichend Zeit fand, sich weiterhin um Brigit zu kümmern. Außerdem war Chen Lu oft auf Reisen.

„Ich muss viel sehen, um meine Ballettschule noch besser aufzustellen," sagte sie entschuldigend.

„Aber ich würde doch sehr gerne etwas mehr über eure Heimat erfahren. Lass uns doch zusammen so für eine Woche Urlaub machen."

Van Holberg war natürlich begeistert von dieser Idee und bemühte sich um interessante Vorschläge.

Dabei fiel ihm ein, dass sein Nachbar, Sir Thomas Wrickley, ihm bei einer gemeinsamen Elchjagd angeboten hatte, einmal eine Kreuzfahrt auf seiner Motoryacht mitzumachen. Gerne auch mit Freunden und Bekannten. Kurz entschlossen rief ihn van Holberg an.

„Trifft sich gut," sagte der,

„wir wollen in einigen Tagen mal so ganz gemütlich die Ostküste von Old Britain entlang fahren. Kommt doch mit. Meine Frau und ich, wir freuen uns immer wenn wir nette Gäste an Bord haben."

Chen Lu war einverstanden. So waren sie als Gäste zu dritt, denn auch Brigit sollte mitkommen, wenn auch als Zimmermädchen.

Sir Thomas saß in mehreren Aufsichtsräten in der britischen Energiewirtschaft. Mit van Holberg hatte er keine geschäftlichen Beziehungen. Trotzdem sprach man natürlich während der Tour auch über Wirtschaftspolitik und die vielen Dinge, die die derzeitige Regierung völlig aus den Augen verloren hatte, oder die nicht im Sinne der Wirtschaft entschieden wurden. Chen Lu hörte aufmerksam zu und bekundete durchaus Interesse an den Themen. Ja, sie hatte sogar ein außergewöhnliches Wissen darüber Thomas alleine zusammen und diskutierte.

Es war eine geruhsame Seereise, an der Küste Schottland hinauf bis zu den Shetland Inseln. Die Yacht war sehr geräumig und luxuriös eingerichtet. Auch die Küche war hervorragend, vom Weinkeller ganz zu schweigen.

Chen Lu war sehr zufrieden, wie sie immer wieder

betonte. Ohne Wissen von van Holberg hatte sie sich in den nächsten Tagen mit Sir Thomas in London verabredet. Er wollte sie dort einigen Geschäftsfreunden vorstellen.

Van Holberg war wieder an seinem Schreibtisch auf dem Landsitz, als seine Sekretärin ins Telefon flötete:

„Herr Baron, hier sind zwei Herren, die sie sprechen möchten:"

„Was wollen diese Herren von mir?"

„Sie sagen, sie kämen von der Regierung und es sei dringend."

„Regierung? Gut ich lasse bitten."

Die beiden Herren stellten sich vor:

„Mein Name ist Westland und das ist mein Kollegen Smith. Wir arbeiten für den Britischen Geheimdienst und hätten da ein paar Fragen an Sie."

„Geheimdienst? Ok, dann schießen Sie mal los."

„Reden wir nicht lange drum herum, uns interessiert insbesondere Ihre Beziehung zu Frau Chen Lu Li.

Van Holberg brauste auf:

„Was geht den Britischen Geheimdienst mein Privaleben an? Das ist ganz alleine meine Sache."

„Sie werden gleich ruhiger, wenn Sie uns ausreden lassen," sagte Westland.. Mehrfach saß sie in den Tagen ihrer Reise mit Sir

„So ganz privat ist die Angelegenheit nämlich nicht. Haben Sie weitere Verabredungen mit ihr?"

„Ja, wir wollten uns in zwei Tagen in meinem Jagd-haus treffen."

„Daraus wird leider nichts. Frau Li hat es vorgezogen, in die chinesische Botschaft zu flüchten, kurz bevor wir einen Haftbefehl gegen sie vollstrecken konnten. Da sie einen Diplomatenpass besitzt, kann sie allerdings jederzeit unser Land verlassen. Ganz legal."

„Was wirft man ihr vor?" fragte van Holberg.

„Industriespionage," war die erschütternde Antwort.

„Deshalb wüssten wir auch gerne, ob und was Sie ihr so im Laufe der Zeit an geschäftlichen Dingen erzählt haben. Wie wir wissen, arbeiten Sie auch an geheimen Projekten."

„Darüber haben wir in keiner Weise gesprochen. Nur über private Dinge."

„Herr Baron, diese Dame ist ganz speziell ausgebildet, um Informationen auszuspähen. Da genügt schon eine kleine Nebenbemerkung, die ihre Aufmerksamkeit erregt. Sie waren im Übrigen nicht die einzige Bekanntschaft, die sie hatte. Es gibt da noch drei weitere Industrielle in hohen Positionen, denen es genau so ergangen ist wie Ihren. Sie brauchen sich also keine Vorwürfe zu machen. Nur wir möchten natürlich auch das wissen, was die Dame weiß."

„Wer waren diese Herren?"

„Das werden wir Ihnen nicht verraten. Wir gehen davon aus, dass Sie Ihren Namen in diesem Zusammenhang auch nicht erwähnt haben möchten. Sie haben doch sicherlich darüber gesprochen, was Sie in Ihrer Firma so alles machen,"

„Natürlich, über unsere Nahrungsmittelsparte zum Beispiel oder Immobiliengeschäfte. Ich meine ich habe auch einmal unsere Chipproduktion erwähnt und in dem Zusammenhang unsere Arbeit im medizinisch-technischen Bereich. Das sind ja alles keine geheimen Projekte."

„Hat sie nach Glasnost gefragt?"

Van Holberg setzte sich aufrecht hin.

„Mit Sicherheit nicht. Da wäre ich auch gleich stutzig geworden."

„Und haben Sie erwähnt, dass Sie chinesische Ingenieure beschäftigen?

„Das könnte sein. Ja, ich glaube, ich hab das mal erwähnt, und gesagt, dass es sehr tüchtige Leute wären, die sich hier auch gut eingelebt hätten. Aber ich habe natürlich nie erwähnt, was sie bei mir machen.

„Frau Li nimmt wohl an, dass sie an der Entwicklung von Implantationschips forschen?"

„Sie hat nur so beiläufig gesagt, es wäre doch ganz nett, sich mal mit ehemaligen Landsleuten zu treffen. Dazu ist es aber wohl nie gekommen, zumindest weiß ich nichts davon.

„In Ihren Betrieben war sie nie?"

„Nein, daran hat sie auch nie Interesse gezeigt. War ihr anscheinend alles zu technisch. Im Nachhinein muss ich sagen, sie war sogar auffallend desinteressiert daran. Erwähnte allerdings einmal, dass man ja auf die eine oder andere Weise geschäftliche Beziehungen anknüpfen könne. Sie könnte da durchaus Kontakte zu chinesischen Geschäftsleuten herstellen. Hauptsächlich war sie begeistert vom Ballett und vom Tanz. Davon hat sie mir immer vorgeschwärmt."

„Wenn das alles so stimmt," sagte Smith,

„dann sind Sie sicher gut aus dieser Affaire rausgekommen. Andere Firmen haben durchaus großen Schaden erlitten. Behalten Sie diese Möglichkeiten immer im Auge. Industriespionage ist in vielen Ländern eine durchaus gängige Praxis. Entschuldigen Sie unsere unangenehmen Überraschungen. Aber im Augenblick kann man nicht vorsichtig genug sein."

Damit verabschiedeten sie sich und van Holberg versank in quälendes Grübeln. War ihm da vielleicht einiges entgangen?

6

„Leute," Boris McDouglas kam in die Halle drei gestürmt,

„Leute, der Vorstand ist mit eurem Vertragsentwurf einverstanden. Jedenfalls fast. Er möchte nur eine Ergänzung. Er möchte ergänzt haben, dass, wenn ein Beteiligter ausfällt, aus welchen Gründen auch immer, im Prinzip wäre es doch nur bei seinem Tod, dass dann dessen Anteile auf die anderen übergehen. Man will damit eine nicht mehr kontrollierbare Zersplitterung des Patentes verhindern. Ich denke, das kann man akzeptieren. Noch ein weiterer Zusatz: Gewinne, die vor dem Ausscheiden eines Beteiligten anfallen, werden an die Erben ausgeschüttet, damit sind alle Ansprüche abgegolten. Nun, wie findet Ihr das? Ich meine: Mehr war wirklich nicht zu erwarten."

„Hört sich erst einmal gut an," sagte Tom,

„wir sollten ernsthaft darüber nachdenken."

Eine Woche später wurde der Vertrag unterzeichnet. Chester hatte mittlerweile einen Chip so programmiert, dass seine Installation darauf enthalten war. Man brauchte den Chip jetzt nur noch in den fertigen Konverter einsetzen und er wäre betriebsbereit. Ohne den Chip würde er nicht funktionieren.

„Den müssen wir jetzt immer gesondert aufbewahren, das ist quasi unsere Lebensversicherung. Wenn wir demnächst zur Messe nach Singapur reisen, werden wir ihn mitnehmen. Meine bisherigen Aufzeichnungen und Berechnungen habe ich vernichtet. Wenn die Firma die Produkte produzieren lässt, braucht es keinen geheimen Status. Der Chip hingegen wird gesondert produziert und verkauft, selbstverständlich unter strengen Sicherheitsauflagen. Der bringt dann letztlich das große Geld.

„Überhaupt, Messe Singapur," Wilson meldete sich zu Wort,

„das ist in sechs Wochen. Wir sollten mal nachfragen wie es mit den Buchungen aussieht, für Flüge und Hotel. Das wollte doch die Sekretärin von Boris machen. Ich hak da mal nach."

„Werden anstrengende Tage dort," warf Bred ein.

„wir haben ja einiges auf dem Zettel, was wir erforschen wollen. Aber egal, es ist unbedingt erforderlich, dass wir uns mal in der Branche um horchen. Es werden wohl alle namhaften Firmen anwesend sein."

„Und dann Urlaub."

Es war Tom der sich bemerkbar machte.

„Wir können doch einfach ein paar Tage dranhängen und dort ausspannen. Singapur ist über eine Brücke mit Malaysia verbunden. Wir könnten uns ein Auto mieten, am Besten einen Kleinbus mit Fahrer und dann dort an die Küste fahren. Die Ostküste soll toll sein, traumhafte Strände und sehr schöne Ressorts. Da lassen wir es uns mal so richtig gut gehen,"

„Haben die auch scharfe Weiber dort?", es war Wilson, der das fragte.

„Würde ich nicht drauf zählen. Malaysia ist ein muslimisches Land. Die einheimischen Frauen kannst Du deshalb vergessen. Vielleicht landest du mal bei Touristinnen aus dem Westen. Aber deshalb fahren wir ja nicht dort hin, jedenfalls nicht ausschließlich."

Mitchel Chang hatte bisher schweigend zugehört. Jetzt meldete er sich zu Wort.

„Ich hätte da so eine Idee."

„Und die wäre?"

„Lasst uns doch nach Peking fliegen für ein paar Tage. Wenn wir schon mal auf der anderen Seite der Erde sind."

„Du bist verrückt!"

„Ja und? Ich habe einen alten Freund in Peking, der arbeitet in einer Reiseagentur. Der würde alles für uns erledigen. Flüge, Hotels und vor allem Visa. Ich fände es toll, mal wieder dort zu sein und die Veränderungen der letzten Jahre zu sehen. Ich denke Lie und Chester sind auch meiner Meinung. Dort war immerhin lange Jahre unsere Heimat. Euch Engländern wird die Stadt bestimmt auch gefallen."

Einer schaute den anderen an, wartete auf deren Reaktion. Tom war der erste, der sich äußerte.

„Ja schon toll der Gedanke, aber, denkt mal ein bisschen weiter, wir arbeiten an geheimen Projekten, was würde zum Beispiel Boris dazu sagen, wenn wir Flüge nach Peking buchen lassen?"

„Stimmt, man würde es uns schlicht verbieten, würde sich fragen, was wollen die Jungs in China. Nur Urlaub machen? Das glaubt uns keiner. Vermutlich würde sich der Britische Geheimdienst der Sache annehmen oder das FBI. Die wissen ja auch von dem Projekt. So toll die Idee auch ist, das können wir vergessen."

„Hmm," Mitchel räusperte sich,

„müssen die davon wissen? Die Sekretärin von Boris

bucht uns Hin-und Rückflug nach Singapur und die Hotels dort. Für die Zeit dazwischen beantragen wir eine Woche Urlaub. Den wird man uns genehmigen, muss man einfach. Überstunden haben wir alle reichlich auf dem Konto. Ob wir in der Woche dann in Malaysia herumkurven oder im Flieger nach Peking sitzen, werden wir niemandem erzählen. Buchen und natürlich auch bezahlen, tun wir es selbst. Dann heißt es für uns nur, Schnauze halten"

„Laßt uns darüber nachdenken Leute. Auf jeden Fall sollte Bred schon mal eine Woche Urlaub beantragen für ein paar Tage ausspannen in Malaysia. Alle einverstanden?"

Man nickte.

„Urlaub?" Boris McDouglas blickte von seinem Schreibtisch auf,

„ich höre wohl nicht richtig. Jetzt wo wir reichlich unter Druck stehen? Van Holberg wird mich fragen ob wir völlig verrückt geworden sind. Urlaub geht nicht Schlagt euch das aus dem Kopf."

„Chef, darf ich Dich daran erinnern, dass uns laut Tarifvertrag zur Zeit fünf Wochen Urlaub zustehen. Fünf Wochen am Stück. Von den unzähligen Überstunden, die wir auf dem Zettel, haben will ich überhaupt nicht reden. Auch die können wir statt Bezahlung abbummeln, auch darüber müssen wir ohnehin mal reden. Dann steht hier wirklich lange Zeit der Laden still. Das wissen wir auch, daran ist uns auch nicht gelegen. Deshalb ist eine Woche Entspannung nach der Messe nun wirklich unbedeutend. Außerdem, Du kennst uns ja lange genug, werden wir im ausgeruhten Zustand, so produktiv sein, dass wir den Ausfall, wenn es denn überhaupt einer ist, schnell wieder aufholen."

„Ja schon, aber wie soll ich das denen da oben klar machen?"

„Da wird Dir schon was einfallen. Also, genehmigt?"

„Ja, gut. Die Reisekosten gehen aber auf Euer Konto."

„Natürlich. Deine Sekretärin hat die Messebesuche auch schon organisiert, sie muss den Rückflug nur um eine Woche verschieben. Den Rest machen wir."

In der Teepause am Nachmittag berichtete Wilson von seinem Erfolg.

„Nun die große Frage, M oder P, wohin?"

„Ich werde meinen Freund mal befragen," sagte Mitchel.

„Mal sehen, ob es überhaupt geht."

„Es würde gehen," berichtete Mitchel seinen Kollegen ein paar Tage später.

„Der kann alles organisieren, selbst die Visa könnten wir problemlos erhalten. Wir drei Chinesen sind ja offiziell nach Grossbritannien ausgewandert. Insofern geht das. Durch seine Kontakte hat er es geschafft, dass wir nur eine Passkopie einreichen müssen. Das eigentliche Visum bekommen wir dann in der chinesischen Botschaft in Singapur, dort wird es hinterlegt. Also, wollen wir?"

„Ich bin dabei," sagte Tom.

Man stimmte ab, das Ergebnis war einstimmig. Man wollte.

„Dann brauch ich von euch eine Passkopie, nur die erste Seite, und Ihr müsst das Antragsformular ausfüllen. Das lade ich nachher runter."

Eines wussten die sechs Ingenieure von GSE allerdings nicht. Nach dem Besuch von McDouglas in New York hatte Mayor Donald F. Parker von der Firmenzentrale den Auftrag erhalten, sich die Aktivitäten der Entwicklungscrew etwas näher an zu sehen. Schließlich arbeiteten die an Projekten, an denen das Militär brennend interessiert war. Was wäre wenn andere Mächte davon Wind bekommen würden? Durch seine Zusammenarbeit mit dem britischen Geheimdienst fiel es natürlich sofort auf, dass die sechs eine Reise nach China gebucht hatten. Drei Stunden nachdem Parker seinen Auftraggebern davon berichtet hatte, saß van Holberg im Firmenjet nach New York. Der Vorstandsvorsitzende wollte ihn sprechen. Worum es ging hatte er nicht genau gesagt, nur etwas von Nationaler Sicherheit gemurmelt.

Als er dem Big Boss Jonathan Schneider dann gegenüber saß und dieser ihm eröffnete, dass die sechs Ingenieure im Anschluss an die Messe in Singapur Flüge nach Peking gebucht hatten, fiel er aus allen Wolken.

„Sie verstehen," sagte Schneider,

„warum ich jetzt von nationalen Sicherheitsinteressen spreche? Nicht nur für Ihr Land sondern auch für die USA und, sagen wir es ruhig deutlich, für die ganze freie Welt. Wenn die das Produkt an die Chinesen verkaufen, dann Gnade uns Gott. Drei von denen haben immerhin die chinesische Staatsbürgerschaft. Vermutlich sind sie sogar von der Regierung dort auf uns angesetzt worden. Das ist höchste Alarmstufe. Besonders fällt auf, dass sie die Buchungen heimlich machten. Das sagt doch einiges. Wieso hat die GSE davon nichts gewusst? Zumindest Vorkehrungen getroffen. Durch den Vorfall mit Mrs Chen Lu Li waren Sie doch schon vorgewarnt."

„Ich habe vor Kurzem noch mit dem Generalmanager McDouglas gesprochen und er hat mir versichert, alle vorgeschriebene Sicherheitsbestimmungen eingehalten zu haben. Alle Ergebnisse sind gesondert gesichert."

„Das nützt natürlich wenig, wenn Sie die Ergebnisse sichern, aber die Erfinder überlaufen. Kommen Sie an alle Ergebnisse ran?"

„Der Manager hat alleinigen Zugang, wenn die Ingenieure nicht anwesend sind. Insofern ja. Ich werde mich gleich um die Angelegenheit kümmern."

„Dazu ist es zu spät. Sie können sechs Leute mit britischem Pass nicht daran hindern, Urlaub in China zu machen. Das gäbe internationale Verwicklungen. Und die sind gerade in der jetzigen Zeit absolut unerwünscht. Lassen Sie alles so laufen wie bisher, Erwähnen Sie auch die Sache mit keinem Wort ihrem Manager gegenüber. Wer weiß, ob der nicht auch mit dabei ist. Major Parker wird die Sache in die Hand nehmen. Der will unbedingt Karriere machen, insofern können wir uns absolut auf ihn verlassen. Ich habe auch schon mit einem lukrativen Posten im Pentagon gewunken, wenn die Sache erfolgreich abgeschlossen ist. Mehr brauchen Sie vorläufig nicht zu wissen, es ist besser so. Parker wird Sie von weiteren Plänen unterrichten. Die ganze Operation wird natürlich nicht umsonst zu erledigen sein. Sie wird sogar viel Geld kosten, Ihr Geld Mister van Holberg. Green Valley ist außen vor. Im Falle eines Scheiterns wissen wir von gar nichts. Denken Sie auch immer daran, dass wir von Ihren ganz persönlichen Vorlieben auch keine Ahnung haben. Glückwunsch übrigens zu den Erfolgen Ihrer Ballettschule. Wir verstehen uns?"

Van Holberg verließ New York sehr nachdenklich.

Major Parker war während dessen schon nach Singapur geflogen und hatte sich bei der unauffälligen Abteilung des FBI vorgestellt. Die firmierten als Im-und Export, hatte man ihm gleich gesagt. Sie wären offiziell dort nicht erwünscht. Die Angelegenheit lief an wie geplant. Schneider hatte ihm freie Hand gelassen, hatte gesagt, es müsse unter allen Umstanden verhindert werden, dass die Ingenieure von GSE China erreichten. Koste es, was es wolle. Durch deren Buchungen stand der Reisetag fest. Nun würde er sich zusammen mit den Kollegen vom FBI um geeignete Piloten kümmern. Mit seinen Methoden dürfte er dabei keine großen Probleme haben. Gewiss, es würde einige Opfer geben, aber in Anbetracht der Gefahren für die Nation, hielt er sie für berechtigt und angemessen.

7

Nach einer ganzen Weile, die ich, trotz meiner schnellen Auffassungsgabe als Journalist brauchte, um wieder klar denken zu können, um das eben Gehörte aufzunehmen und zu verarbeiten, sagte Chris:
„Ihr erster Gedanke ist jetzt, Sie sitzen einem Massenmörder gegenüber. Ja, im Prinzip stimmt es. Ich bin der Täter. Durch mein Handeln sind 163 Menschen gestorben. Aber es war nicht meine Idee. Ich habe es auch nicht freiwillig getan. Man hat mich dazu gezwungen.
Aber bevor wir in die Einzelheiten gehen sollten wir uns über ein paar technische Dinge verständigen. Sie haben sicher ein Diktiergerät dabei, denn aufschreiben werden sie nicht alles können."
„Ich habe ein Diktiergerät, ich habe auch eine Videokamera die wir dazu benutzen können."
„Sie wollen also mein Gesicht sehen wenn ich beichte?"

„Das dürfen Sie entscheiden. Ich dachte nur daran, damit die Authentizität unseres Interviews zu beweisen. Außerdem brauche ich natürlich auch eine Bestätigung von Ihnen, dass ich Ihre Geschichte auch veröffentlichen darf. Das können wir natürlich auch per Video machen."

„Ok, aber die Bestätigung werde ich Ihnen außerdem noch schriftlich geben. Und, stellen Sie sich darauf ein, unsere Unterhaltung wird sicherlich mehr als einen Tag dauern. Eine Bestätigung von mir ist für Sie insofern wichtig, da ich mehrere einflussreiche und hochgestellte Persönlichkeiten belasten werde. Ich hatte Ihnen vorhin schon gesagt: Wenn Sie diese Geschichte veröffentlichen, sind Ihnen die Schlagzeilen gewiss. Ich werde deshalb ausdrücklich jegliche Verantwortung übernehmen, denn mich kann man ja nicht mehr belangen. Ich bin dann außerhalb der Reichweite jeglicher irdischer Gerichte. Im übrigen glaube ich ohnehin nicht an die Mär von der Wiederauferstehung oder dem Weiterleben nach dem Tod. Wenn ich sterbe, dann bin ich tot – und das war's dann.

Ok, fangen wir an mit meinem Privatleben. Vorher noch die Frage, was trinken Sie? Sie sind selbstverständlich eingeladen."

„Mein üblicher Drink in den Tropen ist Gin Tonic. Ich bleibe dabei."

Er gab die Order weiter mit der Bemerkung:

„Zweimal Gin Tonic."

Ich holte mein Diktiergerät aus der Tasche und brachte die Videokamera in Stellung. Chris wartete auf die Drinks, prostete mir zu und begann zu erzählen:

„Nun, mein Leben verlief bis zu meinem, nennen wir es mal Schicksalstag, wenig aufregend. Es war immer schon mein Wunsch gewesen, Pilot zu werden. Ich habe alles darangesetzt, ihn auch zu verwirklichen. Durch einen glücklichen Zufall bekam ich einen Job bei YellowBirdAirlines. Ich bin dann 15 Jahre dort geblieben. Habe mich ich zum Chefpiloten hochgearbeitet und war auch als Ausbilder tätig.

Ich war mit meiner Frau viele Jahre glücklich verheiratet. Wir haben zwei Söhne erfolgreich groß gezogen. Beide haben einen sehr guten Job, der auch gute Aufstiegschancen bietet. Soweit alles ok. Aber mein Job ist nun einmal nicht gerade familienfreundlich. Da sind natürlich die sehr unregelmäßigen Arbeitszeiten, wenig Zeit für die Kinder, und nicht zu vergessen, der permanente Einfluss weiblicher Reize. Als Flugkapitän ist man natürlich ein sehr begehrtes Objekt. Man übernachtet mit der Crew in irgendwelchen Hotels, sitzt zusammen, trinkt zusammen und da kann es natürlich schon passieren, dass man dann mit einer Flugbegleiterin im Bett landet. Das ist meiner Frau natürlich auf die Dauer nicht verborgen geblieben. Sie hat mir nie eine Szene gemacht, hat sich aber selbst anderweitig vergnügt. Im Grunde hat uns in den letzten Jahren nur die Tatsache zusammengehalten, dass wir uns um unsere Söhne kümmern mussten.

Als diese im Beruf standen und unserer Hilfe nicht mehr bedurften, haben wir beschlossen, uns zu trennen.Wir haben uns nicht scheiden lassen. Ich habe mir in der Nähe ein Apartment gekauft. So konnte ich kommen und gehen, wann ich wollte. Meine Frau behielt das Haus und konnte ebenfalls kommen und gehen, wann sie wollte und mit wem. Mit unseren Söhnen und später auch mit den Enkelkindern hatten wir weiterhin ein gutes Verhältnis.

Als Seniorpilot hatte ich in meiner Firma natürlich auch besondere ungeschriebene Befugnisse und Möglichkeiten. So konnte ich mir im Rahmen der Möglichkeiten Flüge aussuchen, die mir gefielen, konnte auch den mir genehmen Copiloten auswählen. Insbesondere mit der Begründung, das als Ausbildungsflug für junge Piloten zu nutzen. Normalerweise ist es bei Fluglinien nicht üblich. Sondern man wird einem Flug zugeteilt und bekommt ebenso einen Copiloten zugeteilt. Es gibt ja immer Ziele die man gerne anfliegt. Insbesondere wenn man dort ein paar Tage Pause hat.

Ich war, alles in allem, mit meinem Leben ganz zufrieden".

Er griff nach seinem Glas, nahm einen kräftigen Schluck und schaute dann, noch mit dem Glas in der Hand, nachdenklich in die Ferne.

„Als ich am 15. Mai von einem Flug zurückkam, erwarteten mich vor meiner Apartmenttür drei Herren. Sie sahen genau so aus wie FBI Agenten im Film, mit schlecht sitzendem Anzug und mit Hut. Ich hatte sofort ein ungutes Gefühl. Man checkt in einer solchen Situation sofort sich selbst, überlegt was man in der letzten Zeit illegales angestellt hat. Wer hat schon immer eine ganz reine Weste. Irgend etwas mit Zoll? Hatte ich illegal Leute ins Land geschleust? Drogen? Mir fiel so schnell nichts ein.

„Wir würden uns gerne mal mit Ihnen unterhalten", sagte einer der Herren zu mir und lüpfte kurz seinen Hut.

„Das passt mir überhaupt nicht," antwortete ich,

„ich komme von einer langen Reise zurück und bin müde. Wer sind Sie überhaupt und wie kommen Sie hier ins Haus?", sagte ich sehr mürrisch.

„Unseren Namen spielen keine Rolle. Es wäre für Sie besser, wenn wir jetzt in Ihre Wohnung gehen würden. Die Sache die wir zu bereden haben duldet keinen Aufschub. Außerdem könnte es für Sie durchaus unangenehm sein, wenn Sie sich weigern."

Die Männer sahen nicht so aus, als ob sie Spaß machen würden. Als ich noch etwas zögerte, umständlich nach meinem Schlüsselbund suchte, griff einer der Männer in seine Hosentasche, holte einen Schlüssel heraus und schloss meine Tür auf, meine eigene Tür. In dem Moment wusste ich, es ist Ernst. Er stieß die Tür auf, wies mit dem Arm hinein, machte eine leichte Verbeugung und sagte:

„Bitte".

Als ich in meine Wohnung trat, merkte ich sofort, etwas hatte sich verändert. Ich konnte nicht feststellen was, alles sah unverändert aus, aber trotzdem war es ein anderes Gefühl als sonst. Vielleicht war es der Geruch. Natürlich war mir klar dass man die Wohnung bis in die letzte Ecke untersucht hatte. Ich stellte meine Tasche ab und stand in der Mitte des Raumes.

„Setzen Sie sich lieber," sagte der Lange, der anscheinend der Boss von den Dreien war,

„unsere Unterhaltung wird länger dauern."

„Vielen Dank dass sie mir in meiner Wohnung einen Platz anbieten," sagte ich ironisch.

Der Lange reagierte nicht und ich setzte mich schweigend. Als Piloten sind wir darauf trainiert, in Krisensituationen einen kühlen Kopf zu behalten. Das bewährte sich jetzt.

„Wir sind hier, um Ihnen ein Geschäft anzubieten. Ein Geschäft, das Sie nicht ablehnen können. Es geht hier um eine Sache von internationaler Tragweite. Sagen wir ruhig, es geht um die Sicherheit Ihres und auch anderer Länder. Sie sind ein kluger Mann. Sie haben schon festgestellt, dass wir ihre Wohnung inspiziert haben. Und nicht nur ihre Wohnung sondern auch die Wohnungen ihrer Familie. Kurz gesagt, wir wissen alles. Für die Erledigung dieses Geschäftes zahlen Ihnen unsere Auftraggeber im Erfolgsfalle 6 Millionen US Dollar und Sie erhalten eine neue Identität. Als Bonus werden ihre Söhne ein paar Stufen auf der Karriereleiter überspringen. Über die Folgen eines Misserfolges brauchen wir nicht zu reden. Sollten Sie unser Geschäft ablehnen, wird es Konsequenzen für ihre Familie haben. Mit ihrer Frau leben Sie getrennt, insofern ist das nicht Ihr größtes Problem, aber bei Ihren Söhnen und vor allem bei Ihren Enkelkindern sollte es uns leid tun. Ich denke wir verstehen uns!"

Die Drei beobachteten mich. Ich versuchte möglichst gelassen auszusehen.

„Bevor wir Ihnen sagen, um was es geht, noch ein paar Hinweise. Wenn Sie beschließen diese Sache Ihrem Chef vorzutragen, oder gar zur Polizei oder zur Staatsanwaltschaft zu gehen, schlagen Sie sich das aus dem Kopf. Erst mal wird man Ihnen nicht glauben und für Sie und Ihre Familie wird es schlimme Konsequenzen haben. Dieser Auftrag kommt von höchster oder sagen wir besser von allerhöchster Stelle. Und das sowohl von politischer als auch von finanzieller Seite. Außerdem würden wir ganz schnell einen Ersatz für Sie finden. Der Auftrag würde so oder so durchgeführt werden, dafür ist er zu wichtig. Merken Sie sich die Einzelheiten dieses Auftrages genau. Es wird keinen Schriftverkehr geben, keine E-Mails, keine Telefonate. Wir werden uns an Sie wenden wenn es nötig ist. Und wir werden Sie immer finden.. Als Chefpilot haben Sie die Möglichkeit, sich Flüge auszusuchen und sich außerdem einen Copiloten bzw. einen ersten Offizier zu wählen. Auch unter Berufung auf Ihren Status als Ausbilder.

Nun zu den Einzelheiten. Sie werden in etwa vier Wochen den Flug 327 übernehmen, Singapur-Peking. Den genauen Termin bestätigen wir Ihnen noch. Sie werden kurz nach dem Start Initiativen ergreifen, die Sie vom Radar verschwinden lassen. Transponder aus usw. Dann leiten Sie einen Flugweg ein, der Sie ohne Spuren zu hinterlassen in Richtung des südlichen Ozeans führt. Sie werden das Flugzeug dort auf dem Wasser landen. Ein Bergungsschiff wird Sie dort erwarten. Die genauen Koordinaten teilen wir Ihnen einen Tag vor dem Start mit. Das Ziel wird etwa bei 80 Grad Ost und 8 Grad Süd liegen.

Wie wir sehen, haben Sie einen sehr qualifizierten Flugsimulator. Da können Sie in den nächsten Tagen schon fleißig üben. Aber löschen Sie die Daten sorgfältig, Sie wollen doch keine Spuren hinterlassen mit denen man Sie später auffinden kann. Haben Sie das soweit verstanden?"

„Was ist mit den Passagieren? Die können doch unmöglich alle abbergen."

„Richtig, wollen wir auch nicht. Als Pilot haben Sie die Möglichkeit den Passagierraum zu beeinflussen. Stopp der Sauerstoffzufuhr, Änderung des Luftdrucks, usw. Damit können Sie die Paxe problemlos per Knopfdruck ausschalten."

„Aber dass hieße ja wir würden 150-200 Leute umbringen," sagte ich entsetzt.

„Wie ich schon sagte ist dieses eine Sache von großer

Tragweite. Insofern ist dieser Kollateralschaden absolut gerechtfertigt. Wenn Sie jetzt an ihr Gewissen denken, vergessen Sie's, es ist unsere Entscheidung."

Man ließ mir Zeit diese Horrorgeschichte zu verdauen, zumindest es zu versuchen.

„Sie werden nach Ihrer Bergung neue Papiere bekommen, Pass, Kreditkarten, Geburtsurkunde, Lebenslauf, usw., alles, was der Mensch so braucht. Einen neuen Namen natürlich auch. Auf Ihrem Konto werden Sie 6 Millionen US-Dollar finden. Wir werden Sie auf eine Insel bringen, auf der Sie sich frei bewegen können. Sie dürfen sie allerdings nicht verlassen. Sie können tun und lassen was Sie wollen, aber wir werden Sie immer im Auge behalten. Was den Copiloten betrifft, Sie dürfen ihn aussuchen. Wenn er mitmacht, erhält er 4 Millionen Dollar, sofern er nicht mitmacht, müssen wir ihn unter Kollateralschaden abbuchen. Sie werden als Ausbilder sicher wissen wer für den Job geeignet ist. Aber seien Sie vorsichtig bei der Auswahl. Wenn Sie sie getroffen haben, werden wir den Kandidaten überprüfen. Aber informieren werden wir ihn dann selbst. Das können wir besser als Sie."

Ich saß die ganze Zeit schweigend dabei. So schnell konnte ich das alles nicht verdauen und verarbeiten. Es war mir nur sofort klar, dass ich mich wohl in die Situation fügen musste. Meine Söhne und meine Enkel, das war es, was mich vor allem beschäftigte.

„Ich denke, das reicht für den Anfang," sagte der Lange. Wir werden in der nächsten Woche mit Ihnen

Kontakt aufnehmen und Ihnen genauere Information-
en geben. Wir wissen schon wo wir Sie erreichen können. Bis dahin machen Sie einen Job as usual. Und,
noch einmal, kein Wort zu irgend jemanden. Aber ich
denke, das haben Sie schon begriffen."

Daraufhin standen sie auf, gingen hinaus und schlugen wortlos die Tür zu. Ich saß noch sehr lange still,
schaute vor mich hin. War zu keiner Regung fähig."

Chris Glas war leer. Er orderte zwei neue Drinks.

„Du willst doch sicherlich auch noch eins?" sagte er
und schaute mich dabei fragend an.

Ich nickte. Er war im Eifer seiner Erzählung beim Du
gelandet. Mir war es nur recht. So wird ein Gespräch
zwangloser und man erfährt so nebenbei Dinge die
sonst nicht gesagt worden wären. Ich schaltete meine
Geräte kurz aus. Material sparen, Batterie schonen.
Als die Drinks kamen sprudelte es schon wieder aus
ihm heraus. Ich hatte kaum Zeit, auf meine Knöpfe zu
drücken.

„Ich hatte drei Tage frei. Am nächsten Tag rief ich
meinen Sohn Bert an und fragte ob es passen würde
wenn ich mal vorbei käme um zu Hallo zu sagen. Natürlich wollte ich vor allem seine beiden kleinen Töch-
ter sehen. Das Treffen war ganz nett, auch mein Enkel
David war zufällig da. Aber es war keine gute Idee. Es
belastete mich zusätzlich.

Abends setzte ich mich vor meinen Flugsimulator
und programmierte eine mögliche Flugroute zu den

mir genannten Koordinaten. Ich würde mit ziemlicher Sicherheit in Singapur auf der 02 starten und den Wegpunkt IGARI zugewiesen bekommen. Kurz davor würde mich Singapur auffordern auf Ho-Chi-Minh-City umzuschalten. Das wäre der richtige Augenblick, um den Transponder zu deaktivieren. Jetzt wäre die Frage nach links, genau auf der Grenze des thailändischen und des malaysischen Luftraum zu fliegen um dann nördlich von Sumatra Kurs nach Süden zu nehmen, oder nach rechts Richtung Java. Das zivile Radar würde mich ohne Transponder auf dieser Strecke überhaupt nicht zur Kenntnis nehmen. Meine Erkenntnis: So ganz einfach wäre es nicht, dem Radar zu entkommen. Aber da gäbe es sicherlich Möglichkeiten. Den Transponder auszuschalten wäre natürlich das Erste was man tun müsste. Aber das wäre nur das sekundäre Radarsignal. Das Primärradar machte mir viel mehr Sorgen. Insbesondere das Radar des Militärs. Natürlich überlegte ich auch schon wen ich als Copiloten vorschlagen könnte. Es müsste möglichst jemand ohne Familie sein, am besten ein junger Typ, der noch abenteuerlustig ist. 4 Millionen Dollar sind sicherlich sehr verlockend. Aber er müsste auch die Schnauze halten können. Dazu brauchte man wiederum ein Druckmittel.

Bei meinen nächsten Einsätzen versuchte ich möglichst cool und routiniert zu wirken. Als Pilot im Cockpit hat man viel Zeit zum Nachdenken. Das Flugzeug fliegt von ganz alleine, nur auf den Funk muss man achten. Wiederholt überlegte ich, wie sich mein Leben demnächst gestalten würde. Dass ich meine Frau nicht mehr sehen würde störte mich wenig. Die Karrieren meiner Söhne konnte ich sicherlich im Internet verfolgen, nur dass ich meine Enkel nicht mehr sehen würde lastete auf mir. Ich würde meine gesamte Habe verlieren, meine Ersparnisse, meine Kunstgegenstände, alles, was mir am Herzen lag. Das Geld war nicht das Problem, mit 6 Millionen Dollar war ich für den Rest meines Lebens gut versorgt. Tatsache war auch, ich würde nicht mehr fliegen können. Nun, auch das war nicht dramatisch. In zwei Jahren würde man mich ohnehin in den Ruhestand schicken. Ich wäre nun zwei Jahre früher Privatier und müsste mir einen Zeitvertreib suchen. Damit hatte ich bisher keine Probleme, insofern war auch das ok. Bekanntschaften zu machen, auch mit Frauen, dürfte ebenfalls einfach sein. Damit hatte ich bisher auch keine Schwierigkeiten.

Auf den Punkt gebracht, gab es somit zwei Dinge die auf mir lasteten. Zum einen, dass die ganzen Passagieren diesen Flug nicht überleben würden und zum anderen meine Enkel. Die Männer sagten zwar, ich brauche mir über die Paxe keine Gedanken zu machen da es ja nicht meine Idee ist, aber ich bin letztlich der, der es ausführt. Die spontane Idee mein Leben und das meiner Familie gegen das Leben der 200 Passagiere aufzurechnen, gab ich schnell auf. Es würde nichts bringen. Man würde uns liquidieren und den Auftrag durch einen anderen Piloten ausführen lassen. Durchführen würde man ihn auf jeden Fall, das war mir klar. Irgendwie sah ich die Sache mittlerweile routiniert und cool. Außerdem gab es meinem Leben plötzlich wieder einen aufregenden Kick.

Pünktlich nach einer Woche standen wieder zwei Männer vor meiner Tür. Sie sahen etwas sympathischer aus als die drei Hutträger mit den ausgebeulten Jackentaschen.. Sie waren ausgesprochen höflich, stellten sich aber auch nicht vor. Ich fragte auch gar nicht erst nach ihren Namen.

„Wir haben jetzt die Einzelheiten für Ihren Flug," sagte der Wortführer. Der andere Mann hielt sich schweigend im Hintergrund.

„Nennen Sie mich Don," sagte er dann,

„nur für den Fall, dass man fragt wer Sie instruiert hat. Zuerst die Frage, haben Sie einen Copiloten als Kandidaten ausfindig gemacht?"

„Ich habe zwei gefunden die möglicherweise geeignet sind. Ich habe sie selbst ausgebildet. Es sind junge Leute die an einem solchen Abenteuer interessiert sein könnten. Ihre Namen sind Fred Subido und Tom Lester. Alles Weitere überlasse ich Ihnen," antwortete ich.

Der Mann nickte, notierte sich die Namen und fuhr dann fort:

„Es wird der Flug 327 am 15. Juni sein. Wie Sie wissen, geht er von Singapur nach Peking. Dort wird er aber nicht ankommen. Die genauen Koordinaten Ihrer Wasserung bekommen Sie einen Tag vor dem Start. Haben Sie schon einen Plan für den Flugweg? "

„In etwa schon, es fehlen nur einige Details. Insbesondere die militärische Überwachung macht mir Sorgen."

„Darüber brauchen Sie sich keine Gedanken zu machen," sagte der Mann.

„Das haben wir schon geregelt, beziehungsweise wir regeln es noch rechtzeitig. Wichtig wird sein gleich nach dem Start den Transponder zu deaktivieren, um keine Signale mehr auszusenden und zu verschwinden. Danach, im internationalen Luftraum, haben sie wenig zu befürchten. Wir werden über den Flugweg kurz vor dem Start noch einmal sprechen. In dem Moment, wo Sie die Sauerstoffzufuhr abschalten, müssen Sie auch die Kabine dekompressieren, um den Druck zu vermindern. Sie haben als Piloten ja eine gesonderte Sauerstoffversorgung, die länger anhält.

Die Leute um die es hier geht, sind sechs Ingenieure die eine Erfindung gemacht haben, die von gewaltiger militärischer Tragweite ist. Sie haben vor, dieses Patent an die Chinesen zu verkaufen. Sie haben sicherlich Fantasie genug, um zu verstehen, dass wir das nicht zulassen können. Wir können die Leute auch nicht einfach ausschalten, das gäbe noch größere Probleme. Drei davon sind Engländer, drei sind Chinesen. Um welches Patent ist dabei geht, weiß ich auch nicht. Sie werden auf dem Flug später die Kabine wieder normal komprimieren und nach einem bestimmten Laptop forschen. Diesen brauchen wir unbedingt. Der Laptop ist daran zu erkennen, dass er in der oberen rechten Ecke einen Aufkleber mit einem roten Flamingo hat. Mit den Landungskoordinaten zusammen werden wir Ihnen die Sitzplätze dieser sechs Leute benennen. Dort können Sie dann diesen Laptop im Handgepäck finden. Zeit für die Suche danach haben sie ja reichlich. Verpacken Sie ihn wasserdicht. Plastiktüten gibt es in der der Bordküche genug. Weiter brauchen und sollen Sie nichts mit nehmen. Wenn Sie an Bord des Bergungsschiffes gehen, sind Sie ein neuer nackter Mensch. Gleiches gilt für den Copiloten. Wir sind der Meinung, dass es sicherer ist, wenn zwei Piloten diese, doch riskante Landung, durchführen. Es war nicht ganz einfach für uns, die Auftraggeber davon zu überzeugen für zwei Piloten zu bezahlen. Dem Copiloten werden Sie nach der Landung nie wieder begegnen. Wir werden Sie danach auf eine große Insel bringen. Dort haben wir ein Haus für Sie gekauft. Für alles Weitere müssen Sie selbst sorgen. Aber denken Sie daran, Sie werden die Insel nie verlassen und Sie werden auch weiterhin beobachtet werden. Was Sie sonst tun und treiben, interessiert uns nicht. Wir werden Ihnen ein Handy mit einer Telefonnummer geben, die Sie in Notfällen anrufen können. Diese Nummer ist codiert. Dann wird man sich mit Ihnen in Verbindung setzen.

Soweit alles klar?"

Ich nickte nur.

„Die große Zahl der Opfer bereitete Ihnen Probleme, nicht wahr? Das ist verständlich, aber denken Sie dran, dass es für einen Bomberpiloten genau so ist. Er schmeißt auch Bomben über einer Stadt ab und weiß, dass dadurch unzählige unschuldige Leute sterben. Es ist ihm aber auch bewusst, dass er es für eine gute Sache tut. So sollten Sie auch denken. Die Millionen von Menschen, die Sie dadurch retten, wiegt es wieder auf."

„Eine Frage noch," sagte ich,

„welche Garantie habe ich, dass man mich nach der Landung nicht auch als Kollateralschaden erledigt?"

Don grinste: „Keine", sagte er.

„Wir haben eine solche Lösung auch schon in Erwägung gezogen, aber Sie können beruhigt sein, da wir Sie vermutlich später noch einmal brauchen werden, sind Sie in dieser Hinsicht sicher. Gleiches gilt übrigens auch ihren ersten Offizier."

Dann verschwanden sie schweigend und ich war wieder alleine mit meinen Gedanken.

Die nächsten Wochen verliefen routinemäßig. Nein, stimmt nicht. Selbst bei den banalsten Tätigkeiten schoss es mir durch den Kopf, dieses ist das letzte Mal, dass du so etwas machst. Vorbereitungen zum Flug, Gespräch mit den Meteorologen, später Ansprache an die Passagiere, in möglichst beruhigendem Ton, um einigen die Flugangst zu nehmen. Insbesondere letzteres fiel mir zunehmend schwerer. Ich testete wiederholt den geplanten Kurs an meinem Flugsimulator. Änderte hier und da Kleinigkeiten, war mit dem Ergebnis ganz zufrieden. Ich fragte mich, warum ich so weit nach Süden fliegen sollte, und kam zu dem Ergebnis, dort bin ich weit weg von jedem Land, insofern auch von jeder Radarüberwachung. Und der Ozean ist dort so tief, dass man kaum eine Chance hat, das Wrack später zu finden. Außerdem hätte ich dann kaum noch Treibstoff, der die Lage des Flugzeuges eventuell verraten könnte, wenn er aus dem Wrack nach oben steigt. Was mir Sorgen machte war die militärische Luftüberwachung der USA. Wenn sie weltweit feindliche Bomber aufspüren könnten, dann sicher auch ein Passagierflugzeug. Insbesondere eines auf außergewöhnlichem Kurs. Nur, Don hatte gesagt, es wäre alles geregelt. Wahrscheinlich wusste die USA über unsere Aktion schon Bescheid, waren an der ganzen Aktion sogar selbst beteiligt.

Einen weiteren Besuch bei meiner Familie unterließ ich. Es hätte mich nur noch mehr belastet. In Gedanken hatte ich mich schon von ihr verabschiedet. In so einer Situation denkt man natürlich auch über ein Testament nach. Rechtlich gesehen würde meine Frau alles erben. Wir waren schließlich immer noch verheiratet. Insofern war eine Änderung der rechtlichen Erbfolge nicht erforderlich. Meinen privaten Computer sollte ich durchforsten. Sollte Kontakte löschen, kurz-zeitige Liebschaften wären zu entfernen. Warum sollte ich die in so eine Sache mit hinein ziehen. Aber alles zu löschen, wäre wiederum verdächtig. Dass man meine Wohnung, meinen Computer, meinen Flugsimulator, mein Handy, usw. penibel durchforsten würde, war mir klar. Die offizielle Version würde sein, das Flugzeug wäre auf einem Routineflug aus ungeklärter Ursache abgestürzt. Die Absturzstelle und die Absturzursache konnte bisher nicht geklärt werden.

Das nächste Treffen mit Don fand im Terminal statt. Ich kam gerade von einem Flug aus New York zurück, war auf dem Weg zum Taxi, als er plötzlich neben mir her ging.
„Der Termin steht," sagte er,
„Ihr erster Offizier ist Fred Subido. Nehmen Sie kei-nen Kontakt mit ihm auf aber veranlassen Sie das Nö-tige."
Schon war er wieder weg. Bei der nächsten Einsatzbe-sprechung äußerte ich meinen Wunsch den Flug 327 am 15. Juni zu übernehmen. Außerdem hätte ich ger-ne Fred Sobido als ersten Offizier. Da er noch einige Testflüge zu absolvieren hätte, wäre es eine gute Gele-genheit. Der Einsatzleiter zog die Augenbrauen hoch, guckte fragend, nickte dann aber:
„Geht in Ordnung Malcolm."
Warum ich ausgerechnet nach Peking wollte, konnte

er wohl nicht recht verstehen. Ich genau genommen auch nicht. Als Crew hat man dort bekanntlich nur sehr wenig Möglichkeiten, sich zu zerstreuen.

Ich bemühte mich, meinen Job so wie immer auszuführen. Glücklicherweise kann man sagen, war ich ziemlich in den Betrieb eingeplant. So blieb wenig Zeit, um über die Zukunft nachzudenken. In der Freizeit saß ich zu Hause und spielte zur Zerstreuung Games am Computer, etwas was ich früher nie gemacht habe. Es war eine merkwürdige Situation. Sonst hat man vor geplanten Ereignissen viel zu tun. Reisevorbereitung, überlegen, was man mitnehmen muss, was zu bedenken ist, wie man das Haus absichern muss. Das gab es jetzt alles nicht. Mir ging ständig der Satz von Don im Kopf herum:

„Wenn Sie an Bord des Schiffes gehen, sind Sie ein neuer, nackter Mensch".

Meinen Computer hatte ich bereinigt, viele freundschaftliche Kontakte entfernt. Dann rief plötzlich Jaqueline an. Eigentlich wollte ich keine Gespräche annehmen, aber aus irgendeinem Grunde tat ich das dann doch. Sie hätte lange nichts von mir gehört und ob man sich nicht mal wieder treffen könnte. Vielleicht gäbe es ja auch mal wieder die Möglichkeit auf einen gemeinsamen Flug? Ich hätte doch da so meine Möglichkeiten. Gute Idee, sagte ich, ich werde mich mal bemühen. Jaqueline war die netteste meiner Bekanntschaften. Mit ihr hätte ich mir ein weiteres Zusammenleben durchaus vorstellen können. Vergessen, kann ich alles vergessen.

Am Tag vor meinem Schicksalsflug kam Don's Begleiter zu mir.

„Es ist alles bereit," sagte er zu mir,

„Sie werden pünktlich starten können."

Dann nannte er mir die genauen Landungskoordinaten und die Sitzplätze der sechs Ingenieure. Außerdem übergab er mir ein mobiles Funksprechgerät.

„Dieses Gerät hat nur eine Reichweite von maximal fünf Seemeilen. Auf der eingestellten Frequenz können Sie sich kurz vor der Landung die Wetterbedingungen vom Bergungsschiff einholen. Die Koordinaten und die Sitzplatznummern kennt übrigens auch ihr erster Offizier. Für den Fall der Fälle."

Und als er schon in der Tür stand sagte er noch:

„Denken Sie an den Laptop!"

8

Der Tag X war da. Startzeit war 12:30 lokal, also 06:30 UTC. Ein Flug also nach Osten, somit direkt in den Sonnenuntergang. Normalerweise. Dieser neue Kurs sollte jedoch fast in die entgegengesetzte Richtung gehen. Wir würden also am späten Nachmittag auf dem Wasser landen.

Ich nahm wie üblich meinen Pilotenkoffer, als ich mein Apartment verließ. Eine Zeit lang bewegte ich den Haustürschlüssel in der Hand, war versucht, ihn in den Müll zu schmeißen. Nein, mach alles wie immer, redete ich mir ein. Mein erster Weg im Terminal führte mich zu den Meteorologen. Dort traf ich auch meinen ersten Offizier Fred Subido. Wir begrüßten uns routinemäßig. Auch er verzog, genau wie ich, keine Miene. Dann der Flugplan, auch er war ok. Wir hatten 157 Paxe und 8 Crewmitglieder an Bord. Als nächstes Treffen mit den Flugbegleitern. Davor hatte ich am meisten Angst. Sie alle würden den nächsten Tag nicht erleben. Zu meiner Erleichterung war Jacqueline nicht dabei.

Der Start erfolgte pünktlich. Mit Fred hatte ich mit keinem Wort unsere Situation angesprochen. Ich hoffte, er würde meine Befehle automatisch umsetzen. Nach Erreichen unserer vorgegebenen Reiseflughöhe meldete sich der Controller der Abflugkontrolle Singapur und forderte uns auf, auf den nächsten Bereich, Ho-Chi-Minh-City-Control, umzuschalten da wir seine Zone jetzt verlassen würden. Ich antwortete:

„Roger, good bye, 327,"

und dann, nach einer kurzen Pause, sagte ich zu meinem 1. Offizier:

„Transponder off, climb to flightlevel 400."

Nächste Order:

„ACARS off."

Fred wiederholte meine Order und betätigte die entsprechenden Knöpfe. Ich glaube nicht, dass er in diesem Moment über die Konsequenzen nachgedacht hat. Das hatte er schon vorher ausführlich getan. Jetzt waren wir auf den zivilen Radarschirmen verschwunden und sendeten auch keine automatischen Signale mehr. Singapur hatte uns abgehakt, bevor die Kambodschaner merken würde, dass wir uns nicht gemeldet hatten, würde einige Zeit vergehen. So schnell war man dort nicht, wie ich aus Erfahrung wusste.

„Right turn to 090."

Das war mein geplanter erster Kurs. Nach 30 Minuten gingen wir auf 180 Grad um über Java hinweg den Indischen Ozean zu erreichen. Aber vorher, auf Flugfläche 400:

„Cabinpressure off, valves open, aircompressure off."

Fred funktionierte automatisch. Nach kurzer Zeit ein Anzeige auf dem Paneel, ein rotes Licht und eine Alarmstimme: „Decent, decent." Der Flightcomputer meldete, dass der Luftdruck gefährlich absinken würde und forderte uns auf tiefer zu gehen. Fred legte die Hand auf einen Schalter und schaute mich an. Ich nickte und schon erstarb die Stimme. In der Kabine fallen jetzt die Masken von der Decke und Hektik bricht aus. Die Flugbegleiter versuchten über die Bordsprechanlage uns im Cockpit zu erreichen, immer und immer wieder, wir antworteten nicht. Dann Klopfen an der Tür, das immer heftiger wurde, bis auch das schließlich aufhörte. Bis auf uns beide hier vorne, waren nun alle im Flugzeug mit Sicherheit tot.

Wir hatten vorschriftsmäßig unsere Masken aufgesetzt. Diese waren allerdings an einen besonderen Kreislauf angeschlossen und wurden aus Sauerstoffflaschen versorgt. Die Masken in der Kabine jedoch produzierten den Sauerstoff auf chemische Weise. Ein Zug an der Maske setzte den Prozess in Gang. Es reichte für maximal 15 Minuten. Danach..... Ich hatte Don auf die Sauerstoffflaschen der Kabinencrew hin gewiesen, die wesentlich länger reichten. Aber er hatte gesagt, kein Problem, darum kümmern wir uns selbst. Ich konnte mir denken, was er damit meinte.

Wir blieben auf FL 400 für fast eine Stunde. Dann stellten wir den normalen Kabinendruck wieder her. Allerdings sehr langsam um nicht selbst körperliche Probleme zu bekommen.

Ich rastete die uns angegebenen Koordinaten zur Wasserung auf dem Autopiloten und schaute Fred an. Der überprüfte sie und sagte nur: „ Ok.“

Als Kurs und Höhe stimmten, der Autopilot unsere Arbeit übernahm, wandte ich mich an Fred.

„Womit hat man Dich erpresst?“, fragte ich ihn direkt und ohne Umschweife,

„oder machst Du diesen Job freiwillig?“

„Wer macht so was schon freiwillig,“ antwortete er.

„Auch für vier Millionen Dollar hätte ich es nicht freiwillig gemacht. Die Typen haben mein ganzes Leben durchforstet. Haben Dinge herausgefunden die ich schon selbst nicht mehr wusste."

„Und, was war ausschlaggebend?"

„Ich habe vor Jahren, noch während meiner Schulung, jemandem etwas drastisch klar gemacht, dass Homosexualität etwas ganz Tolles ist. Ok, sagen wir es klar und deutlich, man kann es auch Vergewaltigung nennen. Ich weiß wirklich nicht, wie man so was heute noch raus finden kann. Meine Güte, wir waren junge Leute, da macht man schon mal ab und zu etwas Scheiß. Die haben mir ganz einfach gedroht, unseren Chefs ein paar nette Geschichten zu erzählen, ob wahr oder nicht. Ich hätte mich nicht wehren können. Meine Pilotenkarriere wäre schlagartig im Eimer gewesen. Ich hätte nie wieder irgendwo einen Job bekommen, weder als Pilot noch sonst was. Dafür würde man schon sorgen, sagte man mir unverhohlen. Dabei bin ich überhaupt nicht schwul, ich wollte einfach nur mal was ausprobieren. Wie gesagt, ich hatte die Sache schon längst vergessen. Dann hielt man mir vor, dass ich mit meiner Schwester in einer gemeinsamen Wohnung leben würde. Das sähe doch sehr nach einem intimen Verhältnis aus. Durchaus strafbar! Mehrere Jahre Knast. Ich verstehe mich mit ihr fantastisch. Irgendwann habe ich mal im Freundeskreis gesagt, wenn sie nicht meine Schwester wäre, könnte ich sie glatt heiraten. Woher wussten sie das alles? Auch sagten mir die Männer, sie könnten ihr natürlich auch mal einen Besuch abstatten und ein paar nette

Stunden mit ihr verbringen, falls ich Probleme machen würde. Sie wären sehr potente Kerle. Das Ganze ist reichlich konstruiert. Man brauchte wohl unbedingt jemanden für diesen Job. Und wie war es bei Dir? Ich kann mir nicht vorstellen das Du es für Geld machst?"

„Mich hat man ganz simpel mit meiner Familie erpresst. Meine Frau, meine Söhne, meine Enkelkinder. Wenn ich nein gesagt hätte, wären sie so gut wie tot gewesen. Die wussten genau, dass ich mir in meiner Position Flüge aussuchen konnte. Natürlich habe ich viele Überlegungen angestellt, wie ich aus dieser Geschichte rauskommen könnte, aber mir ist nichts eingefallen. Die hätten diesen Auftrag so oder so durchgeführt, daher hätte ich meine Familie umsonst geopfert. Fragt mich nicht, um was es hier geht, ich weiß es nicht. Man hat mir nur gesagt es wäre von internationaler Tragweite und die Opfer wären absolut gerechtfertigt. Keine Ahnung, wie man so etwas überhaupt gegeneinander aufrechnen kann."

„Bist Du sicher, dass die sich an die Abmachungen halten, ich meine in Bezug auf Finanzen und Papiere?"

„Man hat mir gesagt, da könnten wir sicher sein, weil man uns später vielleicht noch einmal brauchen würde. Weshalb und wozu weiß ich nicht."

„Ist letztlich auch egal. Einmal wissen wir nicht ob wir diese Nummer überhaupt überleben, und zum anderen, keine Ahnung ob ich mit dieser Schuld über haupt weiterleben kann. Ich habe da meine großen Zweifel. Aber egal, lasst uns diesen Job zu Ende bringen."

Und nach einer ganzen Weile setzte er hinzu:

„Für die da hinten können wir jetzt ohnehin nichts mehr tun."

Fred machte einen sehr deprimierten Eindruck. Nun gut, Hauptsache er würde weiterhin als Pilot funktionieren. Da wir unseren Transponder deaktiviert hatten, waren wir auf den Radarschirmen der zivilen Luftfahrt nicht mehr vorhanden. Jetzt würde in Kürze Alarm ausgelöst werden. Wir hatten auch unseren Funk ausgeschaltet, damit uns niemand anpeilen konnte. Das Militär wäre informiert, hatte Don gesagt. Inwieweit und wer, wusste ich allerdings nicht. Die Motoren unserer Maschine sendeten routinemäßig einmal pro Stunde ein sogenanntes Handshake an die Hersteller. Darin wurden allerdings keine Ortsbestimmungen gesendet. Es ging dabei nur um die Daten der Motoren selbst. Ob man aus diesen Handshakes auch Standortbestimmungen herleiten könnte, wusste ich nicht mit Sicherheit. Deshalb wichen wir vorsichtshalber immer 10 Minuten vor dem Sendedatum um 90 Grad von unserem Kurs ab, um anschließend wieder dem Generalkurs zu folgen. Wie ich später erfuhr, hat man mit sehr komplizierten Berechnungen tatsächlich versucht, aus diesen Handshakes den Kurs der Maschine zu rekonstruieren. Insofern war unsere Maßnahme schon nützlich, zumindest für unseren Zweck.

Wir überlegten auch, ob wir abwechselnd nach rechts und nach links von unserem Kurs abweichen sollten. Entschieden uns aber dagegen. So hätte man unseren Generalkurs rekonstruieren können, wenn wir immer nach rechts ausweichen würden, käme man auf eine Parallelkurs.

Malcolm machte einen erschöpften Eindruck, Schweiß stand ihm auf der Stirn. Er griff nach seinem leeren Glas und stellte es kopfschüttelnd wieder ab.
„Sollten wir aufhören oder eine Pause machen?"
fragte ich ihn.
„Nein, jetzt noch nicht, nach der Wasserung hören wir auf. Das Kapitel muss ich noch abschließen."

Hastig fuhr er fort:
„Ich drehte mich zu Fred um und sagte:
„Es wäre jetzt Zeit den Laptop zu suchen, den wir abliefern müssen. Ich denke dazu bist Du der richtige Mann."
„Nein, nein:" antwortete Fred sichtlich betroffen.
„Dass es Sache des PIC, ausschließlich Sache des PIC, des Pilots of Command. Dazu bin ich nicht geeignet in meiner Position."
„Hab mir schon gedacht das Du kneifen würdest. Ok, meine Sache. Dann halt hier mal die Stellung und ruft mich wenn es Neuigkeiten gibt."
Ich stand auf und öffnete die Cockpittür. Das heißt, ich stand davor und musste erst ein paar Mal tief

durchatmen. Ich hatte Angst vor dem was ich gleich sehen würde. Dann gab ich mir einen Ruck. Auf den ersten Blick sah die Kabine leer aus. Die Masken baumelten in der Luft. Gleich neben der Tür saßen zwei Flugbegleiterinnen fest angeschnallt auf ihren Notsitzen. Sie hielten eine Sauerstoffflasche in der Hand, ihre Maske hing daneben. Die anderen Leute der Kabinencrew saßen verstreut auf den Passagiersitzen mit einer Sauerstoffmaske auf dem Gesicht. Die Sauerstoffgeräte für die Crew hatten anscheinend nicht funktioniert. Dons Werk? Die Passagiere waren alle auf ihrem Sitz zusammengesunken. Nur nicht nachdenken, nicht zur Seite schauen, schnell zu den Reihen 22, 23, 24. Auf 23 A und B saßen zwei Männer mit einem aufgeklappten Laptop auf den Knien. Auf dem Deckel des am Gang sitzenden, ich drückte ihn etwas zur Seite, ein blauer Vogel, der wie ein Rabe aussah. Dahinter, mit einem Filzstift geschrieben -2. Der Mann am Fenster hatte einen Laptop mit einem roten Flamingo. Auch dort mit dem Filzstift eine Notiz, diesmal -1, auf dem Deckel. Volltreffer, dachte ich. Jetzt nichts wie weg. Allerdings hatte ich vorher schon mal überlegt, ob ich die Dateien nicht kopieren sollte. Dann hätte ich eine Chance, später herauszufinden wofür diese ganze Aktion geplant war. Als ich den Bildschirm berührte, war das Bild sofort da. Es stand also nur auf Stand-by. Ich brauchte somit kein Passwort. USB-Sticks hatte ich immer in meiner Pilotentasche. Allerdings, fiel mir dann sofort ein, man würde den Laptop sofort überprüfen, wenn ich ihn abgeliefert hätte. Dann würde man sofort sehen, dass jemand vor kurzem eine Kopie gezogen hatte. Dann hätte ich ein Problem, ein ziemlich großes sogar. Der neben ihm sitzende Mann hatte auch einen aufgeklappten Laptop. Ein Gerät sollte ich nur mitbringen. Das andere würde mit untergehen. Da könnte ich also problemlos eine Kopie ziehen. Gesagt getan, ich holte mir aus meiner Pilotentasche einen Stick, nahm vorsichtig den Laptop, der auch sofort aktiv war, steckte den Stift hinein und programmierte Copy-All. Würde einige Zeit dauern, aber Zeit hatte ich ja genug. Es lagen noch einige Stunden Flugzeit vor uns. Aber hier in der Kabine wollte ich nicht so lange verweilen. Es war schon sehr beklemmend in dieser Leichenhalle zu sein. Ging daher mit einer Ausrede wieder ins Cockpit:

„Muss noch Plastiktüten suchen. Wir müssen es ja wasserdicht verpacken."

Nach einer ganzen Weile ging ich wieder zurück. Das Kopieren hatte funktioniert. Ich schnappte mir den Laptop mit dem Flamingo, klappte ihn zu und nahm ihn mit in die Bordküche. Hier gab es reichlich Plastiktüten und Klebeband. Zur Sicherheit wickelte ich ihn dreifach ein. Das war das Einzigste was wir mit an Bord nehmen durften. Und genau da lag das das Problem. Wo sollte ich den Stick verstecken? Ich müsste mich an Bord des Schiffes sicherlich komplett entkleiden, alle Sachen, die ich bei mir trug, abgeben.

Einschließlich Ehering, aber den trug ich schon seit Jahren nicht mehr. Dabei würde man mich sicherlich genau beobachten, so dass ich keine Chance hätte, irgend etwas zu verstecken. In den Mund nehmen? Ob die Kontakte das verkraften würden? Außerdem könnte man sicherlich sehen, wenn ich etwas in die Backe geschoben hatte. Mir fiel ein Video ein, dass sich kürzlich gesehen hatte. Man hatte es uns bei einer Schulung vorgeführt. Eine Röntgenaufnahme zeigte einen Drogenschmuggler, der diverse Päckchen Heroin in seinem Magen hatte, alle fein säuberlich in Kondome verpackt. Kondom! Das war es. Chip hinein und runter schlucken. Röntgen würden sie mich sicherlich nicht. Ich musste später nur drauf achten ihn nicht bei gewissen Geschäften zu verlieren. In meinem Portemonnaie müsste noch einer sein. Ich trug ihn schon seit Jahren mit mir rum, mehr als Souvenir denn als nützliches Teil. Und siehe da, es gab ihn noch. Auch die Verpackung war noch heil. Ich steckte den Stick hinein, knotete das Gummi fest zu und schnitt den oberen Teil ab. Sollte ja möglichst klein sein das Paket. Mit etwas Würgen schaffte ich, es ihn hinunter zu schlucken. Dann nahm ich das Laptoppaket, ging ins Cockpit und stellte es neben meinen Sitz.

„Alles erledigt," sagte ich zu Fred.

Er stellte auch weiter keine Fragen, wusste genau, wie es in der Kabine aussehen würde.

Nach einigen Kursänderungen wegen der Handshakes wurde es so langsam Zeit, sich auf die Landung vorzubereiten. Wir hatten unsere Höhe schon auf 4000 Fuß vermindert. Ich nahm das Funksprechgerät zur Hand, dass mir Don in die Hand gedrückt hatte. Fünf Meilen Reichweite, hatte er gesagt. Frequenz wäre eingestellt. Das Wetter war ok, das Meer sah ruhig aus, zumindest aus dieser Höhe. Unsere Position musste stimmen. 5 Meilen vor dem Landepunkt drückte ich auf die Sprechtaste.

„Request Landinginformation," sagte ich, ohne mich anzumelden. Die Antwort kam prompt.

„Wind calm, Waves 1 Meter, Touchdown on our Starbordside."

In der Ferne sahen wir ein Schiff.

„Machen wir einen Überflug oder gehen wir gleich runter?" fragte ich Fred.

„Strait down," antwortete er.

„Fest anschnallen," rief ich,

„könnte etwas ruppig werden."

Ich zog die Gurte so fest ich konnte. Schaute zur Seite und wiederholte noch einmal etwas lauter:

„Fred schnall dich an, verdammt noch mal."

Fred nickte. Jetzt musste ich mich auf den Anflug konzentrieren. Wir flogen kurz über dem Wasser, alle Klappen ausgefahren, fast im Leerlauf, natürlich mit eingefahrenem Fahrwerk.

„Wenn ich rufe, stellst du die Maschinen ab."

Jetzt waren wir nur noch ein paar Meter hoch, schräg

vor uns sah ich das Bergungsschiff. Ich stellte die Maschine so steil, dass sie mit dem Heck zuerst aufsetzte.

„Jetzt", schrie ich. Fred griff zu den Schubhebeln und schaltete gleichzeitig die Motoren ab.

Beim Kontakt mit der ersten Welle riss das linke Triebwerk ab. Die Maschine drehte etwas nach links, dann riss auch noch das zweite ab. Der Aufschlag war heftig. Die Anschnallgurte nahmen mir fast die Luft. Wasser schoss über das Cockpitfenster, es schaukelte noch etwas, dann war plötzlich Ruhe. Ich löste meinen Gurt, griff nach dem Paket und schwang mich aus meinem Sitz.

„Nichts wie raus hier", rief ich Fred zu. Der reagierte aber nicht. Er lag mit dem Kopf auf dem Armaturenbrett. Ich schüttelte ihn, dann sah ich es, die Tastatur vor ihm war blutüberströmt. Er war nicht angeschnallt. Sein Gesicht sah so aus, dass ich nicht überlegen musste, wie ich ihn bergen könnte. Das war sicher kein Unfall, das war Freds Absicht. Er war in den letzten Stunden wohl zu der Erkenntnis gekommen, so nicht weiterleben zu können.

Mit einiger Kraftanstrengung konnte ich die Tür aufstoßen. Sofort entfaltete sich das Rettungsfloß. Ich sprang hinein mit dem Laptop unter dem Arm. Etwas entfernt sah ich ein Motorboot herankommen. Man zog mich an den Armen hinein und nahm mir gleich den Laptop ab.

„Was ist mit dem ersten Offizier," fragte der Bootsführer. Ich schüttelte nur den Kopf. Er verstand und drehte in Richtung Bergungsschiff ab. Um gleich darauf wieder zum Rettungsfloß zu fahren und dieses mit mehreren Messerstichen aufzuschlitzen.

„Soll ja auch mit untergehen", sagte der Bootsführer und grinste dabei.

Richtig, sonst hätte sich das Floß beim Untergang des Flugzeugs von selbst ausgeklinkt und wäre womöglich noch wochenlang auf dem Indischen Ozean geschwommen. Das Flugzeug war bereits ziemlich tief abgesackt, schon lief Wasser in die offene Tür. Vermutlich waren auf der Unterseite größere Lecks entstanden als die Maschinen abrissen. Mittlerweile hatten wir das Schiff erreicht. Man half mir an Bord und setzte mir gleich eine undurchsichtige Brille auf. Jemand, vermutlich der Kapitän, begrüßte mich mit den Worten: „Willkommen an Bord Mister Walker." Dann führte man mich eine Treppe hinab eine Kajüte."

Malcolm stand auf, reichte mir die Hand und sagte: „Morgen, gleicher Ort, gleiche Zeit?"

Dann reckte er sich und ging etwas unsicher zum Ausgang des Lokals. Erst jetzt fiel mir sein schwankender Gang auf. Über die Art seiner Krankheit hatte er bisher nichts verlauten lassen. Ich saß noch einige Zeit und überlegte, was ist dieser Malcolm für ein Mensch? Ist er so cool und abgebrüht wie er sich mir gegenüber gibt, oder hat er sich nur mit der ihm aufgezwungenen Rolle abgefunden. Am Tod von so vielen Menschen aktiv beteiligt zu sein, das dürfte wohl kaum jemand unbeschadet überstehen. Vielleicht ein Offizier der einen solchen Befehl gibt, oder auch ein Politiker. Der wird sich immer damit rausreden, ich habe alles richtig gemacht, habe vielen seiner Landsleute das Leben gerettet. Im Grunde bin ich sogar ein Held. Ob Präsident Truman wohl schlaflose Nächte nach dem Abwurf der beiden Atombomben auf Japan hatte? Ich habe nie gelesen, dass er Probleme damit gehabt haben könnte, auch hat sich Amerika dafür nie entschuldigt, geschweige denn an irgend jemand eine Entschädigung gezahlt. Fred hatte die Konsequenzen gezogen. Er wusste, ich kann damit nicht weiter leben. Nun, ich hoffte bei meinen Gesprächen mit Malcolm etwas mehr aus ihm herauslocken zu können.

Ich packte meine Sachen zusammen und ging in mein Hotel. Auf dem Weg dorthin überlegte ich, wie ich meine Aufzeichnungen sichern konnte. Man würde mich vermutlich nicht überwachen, aber wer weiß das schon genau in so einem Fall. Malcolm hatte bisher noch keine Namen genannt, aber hochgestellte Persönlichkeiten angekündigt, die darin verwickelt waren. Außerdem müsste ja auch jemand die Verantwortung dafür übernehmen, 163 Leute in den Tod geschickt zu haben. Nein, es waren sogar 164, dann auch Fred musste man als Opfer sehen. Meine Methode war bisher, meine Aufzeichnungen breit zu streuen, es hatte sich bewährt. So wollte ich es auch jetzt machen.

Eine Cloud wollte ich nicht nutzen. Wer so eine Aktion arrangiert, hat sicher auch Möglichkeiten das WWW bis in die letzte Ecke zu durchstöbern. Ich kopierte zuerst die Aufzeichnungen, Ton und auch Video auf meinen PC, verschlüsselte sie und spielte sie dann auf einen USB- Stick und auf eine DVD. Meinem Freund und Kollegen in Deutschland schickte ich eine E-Mail mit dem Text: Liebe Grüße aus dem Urlaub und bleib gesund. Nun wusste er Bescheid, dass brisantes Material kommen würde. Das würde er dann auf eine DVD kopieren und diese irgendwo sicher verwahren. Die Mails auf seinem PC würde er löschen, um keine Spuren zu hinterlassen. So hatten wir es schon häufiger gehandhabt, auch gegenseitig. Auf ihn war absoluter Verlass. Dann stieg ich in mein Auto und fuhr in einen Internetshop in der Hauptstadt. Setzte mich an einen freien PC Platz und sendete das Material an meinen Freund, anonym natürlich. Für mich kopierte ich auch eine DVD und schickte diese an mein Postfach nach Deutschland, mit einem fingierten Absender. An sich hätte ich mir alles noch einmal anhören müssen. Aber das schaffte ich an diesem Tag nicht mehr. Es ging ziemlich viel im Kopf herum. Was da wohl noch kommen würde. Anscheinend hatte Malcolm ja die Dateien auslesen können. Das Ganze würde anscheinend wirklich ein Knüller werden. Die aufwendige Publizierung könnte ich alleine kaum bewerkstelligen, dazu bräuchte ich professionelle Hilfe. Vielleicht ein großes Magazin.

Ich sollte rechtzeitig darüber nachdenken. Jetzt aber brauchte ich erst mal eine Ablenkung, brauchte Leute um mich. So schlenderte ich die belebte Promenade entlang und gönnte mir ein Essen in einem erstklassigen Restaurant. Sollte ich mir leisten können, bei den Einnahmen die ich zu erwarten hätte.

Als ich am nächsten Tag zur verabredeten Zeit in das Lokal kam saß Malcolm schon an unserem Tisch in der Ecke. Er hatte ein großes Bier vor sich , das schon halb leer getrunken war.

„Brauch ich immer morgens, um warm zu laufen,“ sagte er grinsend und zeigte auf das Bier.

„Wir können aber gleich anfangen. Soweit ich mich erinnere, hatte ich gestern gerade noch das Bergungsschiff betreten.“

Ich nickte:

„Und das mit verbundenen Augen.“

„Richtig, aber vorher möchte ich Dir noch dieses Dokument überreichen".

Damit gab er mir ein Blatt Papier auf das er handschriftlich festgelegt hatte, mir damit alle Rechte für die Veröffentlichung und Vermarktung unseres Interviews kostenfrei zu übertragen.

„Ich denke das müsste reichen. Das Wort kostenfrei habe ich hinzugesetzt damit Du abgesichert bist, falls meine Erben finanzielle Ansprüche stellen sollten oder jemand Schadenersatz möchte. Es ist ja demnächst rechtlich so, dass Malcolm Stanley Mortimer wieder auflebt. Ob die Sache verjährt ist weiß ich nicht. Wenn man es als Mord hinstellt sicherlich nicht. Ich habe übrigens mit beiden Namen unterschrieben. Sicher ist sicher. Außerdem habe ich die Fingerabdrücke meiner rechten Hand drauf gedrückt. So kann man feststellen, dass dieses Schreiben auch tatsächlich von mir ist. Bei YellowBirdAir wird man meine alte Personalakte wohl noch haben."

Ich nickte, faltete das Blatt zusammen und steckte es in meine Tasche. Könnte sich als sehr wertvoll erweisen.

„Ok. fangen wir an.

Man führte mich mich unter Deck in eine Kabine und erlaubte mir, die Brille abzunehmen. Die Kabine hatte keine Fenster. Auf dem Bett lagen Kleidungsstücke, Sanitärartikel und Papiere.

Meine beiden Begleiter stellten sich neben die Tür hielten eine große Plastiktüte auf und einer sagte:

„Würden Sie sich bitte komplett ausziehen und alle Sachen die Sie bei sich haben, in diese Tüte legen." Und er wiederholte noch einmal:

„Alles bitte".

Sie beobachteten mich genau, auch als ich nackt vor ihnen stand. Dann sagte der eine Mann:

„Würden Sie bitte den Mund öffnen."

Ich tat wie gewünscht und erleuchtete mit einer Taschenlampe hinein.

„Danke. Auf dem Bett liegen neue Sachen und ihre

neuen Papiere. Dort hinten ist eine Dusche.Lassen Sie sich Zeit. Das Essen werden wir Ihnen hier servieren, Mister Walker."

Damit ließen sie mich allein. Ich schaute mir die Sachen kurz an und ließ dann lange das Wasser in der Dusche an mir herab laufen. Ich spülte sozusagen den Malcolm Stanley Mortimer hinweg. Jetzt gab es ihn nicht mehr, er war im Indischen Ozean gelandet. Als ich mich angekleidet hatte, die Sachen passten perfekt, blätterte ich etwas in den Papieren. Ich war jetzt also Christian Walker. Die ganzen Daten und meinen Lebenslauf müsste ich auswendig lernen. Dann klopfte es an meine Tür und als sie aufging stand Don im Zimmer.

„Hallo Mister Walker, willkommen an Bord. War eine reife Leistung Ihre Landung, wirklich perfekt. Kann nicht jeder. Schade, dass Sie nicht mehr fliegen werden. Nur, wo ist Ihr erster Offizier? Wollte er nicht mitkommen oder haben Sie ihn….? Nun, soll uns egal sein."

„Den letzten Satz will ich überhört haben, mir liegt so was nicht. Er wollte tatsächlich nicht mitkommen, war seine Entscheidung. Er hatte sich nicht angeschnallt obwohl ich ihn mehrfach dazu aufgefordert habe. Er hat wohl auf dem stundenlangen Flug festgestellt, dass er mit dieser Belastung nicht weiterleben kann. Wir haben darüber jedenfalls nicht gesprochen."

„Nun denn," entgegnete Don,

„dann war es seine Entscheidung. Das heißt

84

natürlich, dass seine Prämie auf Sie übergeht. Wir können so was schließlich nicht einfach wieder zurück buchen. Das geht in diesem Geschäft nicht. Wenn Sie in Ihrem neuen Haus sind, steht Ihnen die gesamte Summe von 10 Millionen Dollar auf Ihrem Konto zur Verfügung. Sollte fürs erste reichen. So, nun zum weiteren Ablauf. Sie werden jetzt 24 Stunden auf diesem Schiff bleiben und die Kabine nicht verlassen. Wenn wir in Landnähe sind, wird Sie ein Helikopter abholen und auf den Flugplatz von Denpasar auf Bali bringen. Das ist ihre neue Heimat. Sie gehen dann wie ein ganz normaler Passagier zur Immigration und reisen ein. In ihrem Pass ist ein Permanent-Resident-Visum und ein Ausreisestempel aus Kuala Lumpur. Als Gepäck haben sie nur die Tasche als Handgepäck. Vor dem Terminal wird sie jemand in Empfang nehmen. Sie brauchen ihn nicht zu kennen, er wird Sie ansprechen. Gemeinsam fahren sie dann zu Ihrem neuen Haus. Dieser Mann ist Ihr vorläufiger Hausverwalter, mit ihm können Sie alles bereden was Sie anschaffen wollen und was an Bürokratie zu erledigen ist. Das Haus ist zwar eingerichtet, aber es fehlt sicherlich noch eine ganze Menge um sich wohl zu fühlen. Insbesondere fehlt natürlich Kleidung und alle persönlichen Dinge. Aber das werden Sie schon machen. Wie Sie wissen dürfen Sie die Insel nicht verlassen, ansonsten können Sie tun und lassen was Ihnen beliebt. Und denken Sie dran, wir werden Sie immer im Auge behalten. Hier ist ein Mobile mit dem

Sie uns erreichen können, wenn es Schwierigkeiten gibt. Die Nummer ist codiert, sie brauchen nur die Taste Call drücken und man wird sich mit Ihnen in Verbindung setzen. Aber wie gesagt, nur für den Notfall. Legen Sie es am besten in Ihren Haustresor. Das wärs, machen Sie es gut. Wir werden uns nicht wieder sehen. So hoffe ich jedenfalls. Noch ein Tipp, ein ganz privater. Suchen Sie sich möglichst bald einen eigenen Hausverwalter. Der jetzige ist natürlich einer von uns."

Damit verschwand er grußlos durch die Tür, nachdem er daran geklopft hatte. Erst jetzt sah ich, dass die Tür innen keinen Griff hatte.

Der nächste Tag verging sehr schnell. Einmal war ich ziemlich fertig und brauchte Schlaf, dann war das Essen sehr gut, auch Bier und Wein waren zu haben, und ich hatte sogar Fernsehen. Konnte mir in den Nachrichten berichten lassen, dass der Flug 327 spurlos verschwunden war. Eine groß angelegte internationale Suche hatte bisher zu keinem Erfolg geführt. Ich las die Papiere sorgfältig durch und merkte mir das Wesentliche. Christian Walker, mein neuer Name. Na gut, ich hätte mir einen interessanteren gewünscht. Mein alter Name gefiel mir besser. Aber das war ja nun alles Vergangenheit. Nein, falsch, keine Vergangenheit, es hatte nie existiert, das war wichtig. Zumindest hatte man mir meinen Beruf gelassen. Ich war Pilot im Ruhestand. Gut so, damit könnte ich mich nicht so schnell verplappern. Einmal am Morgen musste ich Vorkehrungen treffen, damit der Stick nicht auch im Indischen Ozean landete. Es fiel mir rechtzeitig ein und es glückte.

Am nächsten Tag kam jemand in eine Kabine und forderte mich auf meine Utensilien in eine bereit gelegte Tasche zu packen und ihm zu folgen. Dazu musste ich wieder die blickdichte Brille tragen. Knatternd landete ein Hubschrauber auf dem Achterdeck. Man schob mich hinein und schon hob er wieder ab.

„Sie können die blöde Brille wieder abnehmen", sagte der Pilot nach einer Weile

„Sie kennen uns nicht, wir kennen sie nicht. Sie sind also ein ganz normaler Passagier den wir gleich in Denpasar absetzen werden. Viel Spaß auf dieser schönen Insel. Gibt hier tolle Frauen," fügte er lachend hinzu

Es war nur ein kurzer Flug, bald tauchte die Küste auf und wenig später waren wir gelandet. Ein Crewbus brachte mich zur Immigration im Terminal. Dort reihte ich mich in die Abfertigungsschlange ein. Es ging alles problemlos. Schon hatte ich meinen Stempel im Pass. Als ich vor das Gebäude trat und mich suchend umschaute, trat ein Mann auf mich zu mit den Worten:

„Guten Tag Mister Walker, willkommen auf Bali. Mein Wagen steht dort drüben. Viel Gepäck haben sie ja nicht dabei. Es sind etwa 30 Minuten Fahrt zu Ihrem Haus. Sollten Sie etwas benötigen, dass wird sicher der Fall sein, sprechen Sie mich an. Ich kenne mich hier aus und werde mich bemühen Ihre Wünsche zu erfüllen. Mein Name ist George. Ich bin sicher Sie werden sich hier schnell einleben. Es ist ein tolles Land mit sehr liebenswerten Menschen."

„Danke," sagte ich,

„Ja, da ist sicherlich noch eine Menge zu erledigen."

9

Meinen Stick hatte ich mittlerweile gerettet. Ich brauchte also dringend einen Laptop. Den wollte ich allerdings ohne George kaufen, war mir sicherer. Wohin mit dem Stick jetzt? Im Haus verstecken? War nicht unbedingt eine gute Idee. George hätte sicherlich den Auftrag alles genau zu untersuchen, das war mir klar. So klebte ich mir den Stick mit Heftpflaster an einer immer verdeckten Stelle auf die Haut. Damit hatte ich ihn stets bei mir.

George war sehr bemüht und erwies sich als durchaus nützlich. Er erledigte alle Behördengänge für mich, zumindest soweit ich nicht anwesend zu sein brauchte, zeigte mir Geschäfte, in denen ich mich neu einkleiden konnte und wusste auch wie ich günstig an ein Auto kommen konnte. Mein erster Gang allerdings führte mich in meine Bank. Ich ließ mich beraten wie ich mein Geld sicher anlegen konnte. Eine Rendite war mir nicht so wichtig. Meine 10 Millionen dürften bis an mein Lebensende reichen. Nur sicher musste es sein. Ich richtete mehrere Konten ein, besorgte die nötigen Kreditkarten. Später, wenn George mir nicht mehr auf der Pelle saß, wollte ich auch einiges Geld im Ausland anlegen. Für den Fall der Fälle. Man weiß ja nie, was kommt. Bei einem dieser Stadtbesuche verschaffte ich mir auch ein Mobile. Ohne George zu fragen. Jetzt fehlte nur noch ein Computer. In einem großen Fachgeschäft ließ ich mir ausführlich zeigen, was für mich geeignet war. Der Preis spielte natürlich keine Rolle. Ich hatte es ja. Der nette Verkäufer versprach, das erforderliche Betriebssystem und alle üblichen Programme auf zu spielen.

„Ich hab da noch so ein paar interessante, die nicht so ganz legal sind. Die spiele ich Ihnen kostenlos mit auf," sagte er mit einem Lächeln. Vielleicht dachte er dabei auch an einen Tipp. Ok, meinetwegen.

„Ein Passwort brauche ich noch von Ihnen," sagte er dann.

„Zumindest ein vorläufiges. Sie können und sollten es später ändern."

Spontan sagte ich – yellowbird-. So ganz war ich anscheinend noch nicht im Leben von Christian Walker angekommen.

„Wir brauchen noch, um es sicherer zu machen, einen Großbuchstabe, ein Sonderzeichen und eine Zahl. Ich mach das schon"

Damit klebte er einen Zettel auf den Deckel und schrieb drauf: yellowBird-7.

„Bitte ändern Sie es, bevor Sie eigene Daten aufspielen. Sollen wir Ihnen das Gerät zustellen?"

„Nein danke, ich komme gerne selbst vorbei. Vielleicht habe ich ja auch noch Fragen."

„Gut, morgen Nachmittag ist alles fertig."

Eigentlich hatte ich es nicht eilig, mir die kopierten Dateien anzusehen, andererseits wollte ich gerne den Stick auf meiner Haut loswerden. Ob George in der Lage wäre, mein Passwort zu knacken? Zumindest sollte ich den Laptop nicht unbeaufsichtigt lassen. In meinem Haus war ein kleiner Tresor eingebaut. Dafür gab es zwei Schlüssel, die George mir aushändigte. Ob es noch mehr gab? Auf jeden Fall änderte ich umgehend die Codenummer. Der Laptop passte hinein und auch das Mobile von Don legte ich dazu. Jetzt fehlte noch ein neuer Hausverwalter und ich brauchte eine Person, die mir den Haushalt führte. Dafür war George partout nicht geeignet. Er hatte vom Kochen keine Ahnung und sein angeliefertes Fastfood hing mir schnell zum Hals heraus.

Da traf es sich ganz gut, dass ich die Bekanntschaft meines Nachbarn machte. Er war ein Engländer, kein Großbritannier, wie er gleich betonte. Ein gemütlicher Typ, mit dem man quatschen konnte. Er hatte sich hier mit seiner Frau zur Ruhe gesetzt. War früher im Finanzwesen tätig gewesen, wie er sagte. Als ich erwähnte, dass ich auf der Suche nach einem neues Verwalter wäre sagte er:

„Da kann ich Ihnen vielleicht behilflich sein. Ein guter Freund von mir ist kürzlich wieder nach England gezogen. Er hatte wohl Sehnsucht nach dem Englischen Wetter. Der hatte ein Verwalterpaar mit dem er sehr zufrieden war. Außerdem betonte er immer wieder, dass die Frau fantastisch kochen könnte. Ich versuch mal, sie zu erreichen. Vielleicht klappt es ja. Dann sind Sie bestimmt gut bedient. Was ist mit Ihrem jetzigen Verwalter? Können Sie den problemlos loswerden?"

„Das geht ohne Weiteres. Der ist mir vom Verkäufer für eine kurze Übergangszeit gestellt worden."

„Ich lass von mir hören, Herr Nachbar. Mein Name ist übrigens Peter, Peter Newland."

„Ich bin Chris, Christian Walter. Nice to meet you."

Es klappte tatsächlich. Das Ehepaar hatte noch keinen neuen Job gefunden und war sehr froh wieder arbeiten zu können. Ich zahlte ihnen den gleichen Lohn den auch mein Nachbar bezahlte. Wohnen konnten sie in der kleinen Wohnung über meinem Garagenbau. Es war nahezu alles geregelt und ich begann mich einzuleben. Verließ schon mal das Haus, um ins Restaurant oder auch in eine Bar zu gehen. Aus dem Kontakt mit meinen Nachbarn entwickelte sich im Laufe der Zeit so etwas wie eine Freundschaft.

Ich hatte mich in meiner neuen Heimat schnell eingelebt, hatte die Umgebung erkundet, einige gute Restaurants ausfindig gemacht und auch einige nette Bars, wo es Leute gab, mit denen man quatschen konnte. Alles in allem lief es ganz gut. Meinen Stick hatte ich erst mal beiseite geschoben, ich brauchte Abstand und ich hatte keine Eile. Bali ist wirklich ein schönes Fleckchen Erde. In der Hinsicht hatte ich trotz allem Glück gehabt. Ich begann auch die weitere Umgebung zu erkunden, kam in Gegenden, in denen kaum Touristen zu finden waren. Dort traf ich auch die interessantesten und nettesten Leute. Ich übernachtete in Schilfhütten am Strand, obwohl ich mir problemlos ein Vier Sterne Hotel hätte leisten können können. Irgendwann begeisterte ich mich für das Wandern. Ungewöhnlich für einen Piloten. Ich kenne jedenfalls keinen Kollegen, der so etwas macht. Wandern auf Bali machte mir Spaß. Die vulkanische Ecke der Insel reizte mich besonders. Jemand erzählte mir von einer Tour auf den Gunung Agung, mit 3.142 Meter der höchste Punkt der Insel und auch der heiligste. Eine stramme 2-3 Tage Tour. Es reizte mich. Aber dazu kam ich nicht mehr.

Was sich allerdings als schwierig herausstellte, war weibliche Bekanntschaft zu machen. Klar fand man in den Bars Touristinnen, vornehmlich aus Australien, die einem Onenightstand nicht abgeneigt waren. Aber das war nicht das, wonach ich suchte. Ich brauchte eine langfristige Bekanntschaft, eine, die mich versorgte, für mich kochte und auch sonst zu allem bereit war. Indonesien ist ein muslimisches Land, da ist es wie man weiß, schwierig Frauen näher kennen zu lernen. Bali fällt zwar aus dem Rahmen weil es überwiegend hinduistisch geprägt, aber trotzdem sehr konservativ. Ist. Kein Vergleich mit den Möglichkeiten die ich aus Thailand kannte. Was tun? Ich entsann mich des Mobiles, das Don mir gegeben hatte. Warum nicht mal einen Versuch machen. Ich drücke die Taste Call, wartete einen Augenblick und legte wieder auf. Wenig später klingelte das Telefon und jemand, der sich nicht vorstellte, fragte was es gäbe. Ich erläuterte ihm mein Problem und er sagte, man würde sehen, was man nicht tun könnte. Nach drei Tagen bekam ich eine Mail. Ich sollte eine Dame mit Namen Noi Kansonamit am Mittwoch um 14:30 Uhr am Flughafen Denpasar abholen. Ich würde sie an der Information finden.

Noi gefiel mir von Anfang an. Und wir hatten zusammen eine ganz nette Zeit. Sie kochte ausgezeichnet, hielt meine Sachen in Ordnung und war eine fantastische Liebhaberin. Eines fiel mir allerdings ziemlich schnell auf, sie war nicht nur neugierig, sondern ausgesprochen begierig, alles zu erfahren was ich tat. Sehr schnell hatte ich den Verdacht, dass sie mich ganz gezielt überwachte, auf mich angesetzt war. Ich stellte ihr eine Falle und bekam schnell Gewissheit, sie ist eine von denen. Kurz entschlossen brachte ich sie wieder zum

Flughafen. Damit war zwar mein eigentliches Problem nicht gelöst, aber ich hatte wieder meine Ruhe. Wenn ich Bedarf hatte, musste ich mich also doch mit australischen Touristinnen befassen.

Nun war es endlich an der Zeit, mir anzuschauen, was ich auf dem Stick kopiert hatte. George war nicht mehr da und so fühlte ich mich etwas sicherer und unbeobachtet. Mit meinem neuen Laptop hatte ich mich mittlerweile vertraut gemacht und so schob ich den Stick in den USB Stecker, wartete voll Spannung was passieren würde. Das Gerät summte und es erschien ein Frame mit der Aufforderung das Passwort einzugeben. Mist, damit hatte ich nun nicht gerechnet. Enttäuscht stand ich auf und goss mir erst einmal einen großen Drink ein. Vielleicht wird der mich inspirieren. Mein eigenes Passwort hatte ich inzwischen umgeändert. Nach einer ganzen Weile schaltete ich das Gerät wieder aus. Jetzt nachdenken. Ich begab mich dazu wieder gedanklich in die Flugzeugkabine und versuchte nachzuvollziehen was ich gesehen hatte, als ich die beiden Laptops entdeckte. Beide hatten einen Aufkleber auf den Deckel, der eine einen roten Flamingo, der andere einen blauen Vogel. Ähnlich einer Krähe oder einem Raben. Ein Passwort? Aber wer schreibt schon ein Passwort auf den Computer? Es waren insgesamt sechs Ingenieure die eng zusammenarbeiteten. Möglicherweise auch mit dem Gerät des Kollegen. Plötzlich erinnerte ich mich, dass auf beiden Geräten mit dem Filzstift eine Zahl geschrieben war. Hinter dem roten Flamingo stand -1, hinter dem blauen Vogel -2. Das hatte doch sicherlich eine Bedeutung. Der Laptop Verkäufer wollten von mir zum Passwort noch ein Sonderzeichen und eine Zahl habe. Vielleicht war das ein Ansatzpunkt. Also gleich einmal versuchen. Ich gab ein: Bluebird-2. War nichts. Dann: 2-Bluebird. War es auch nicht. Auf dem einen PC war es ein roter Flamingo, nicht ein roter Vogel. Was war der Blaue für ein Vogel. Ich versuchte mich zu konzentrieren und mir den Aufkleber noch einmal ganz deutlich vor Augen zu führen. Ich tippte auf Rabe. Also neuer Versuch: blueraven-2. Auch das ging nicht. Dafür sagt aber das Programm, ich hätte zu viele falsche Versuche gemacht. Jetzt würde es für 24 Stunden gesperrt. Der Verkäufer sprach auch noch von einem Großbuchstaben. Wollte ich morgen mal probieren. Für heute war eh Schluss.

In der Nacht schlief ich kaum, dachte mir immer neue Kombinationen aus. Plötzlich fiel mir dann der Zettel ein, den der Verkäufer auf meinen neuen Laptop geklebt hatte. Das war mein vorläufiges Passwort. Er hatte gesagt, er bräuchte einen Großbuchstaben, ein Sonderzeichen und eine Zahl. Das ließ mir keine Ruhe, ich stand auf um nachzuschauen. Ich hatte den Aufkleber stehen lassen, auch als Irritation für jemanden, der versuchen würde mein Passwort zu knacken. Ich hatte bei meinen bisherigen Versuchen den Großbuchstaben immer an den Anfang gestellt, er hatte jedoch das Substantiv groß geschrieben. Damit stand der Großbuchstabe in der Mitte. Wäre einen neuen Versuch wert. Mit diesem beruhigenden Gedanken schlief ich ein. Der nächste Tag ließ mich ungeduldig warten, 24 Stunden hatte der Laptop gesagt, also erst am Nachmittag.

Es gab ein ausgezeichneten Frühstück auf meiner Terrasse, die neue Haushälterin konnte wirklich fantastisch kochen, da hatte mein Nachbar Peter absolut recht. Mit dem Pärchen hatte ich tatsächlich einen guten Fang gemacht. Sie waren angenehm, machten ihren Job sehr gut und waren ansonsten fast unsichtbar.

Dann endlich war die Sperrzeit um. Ich gab ein: blue-Raven-2. Und Zack, eine Dateienübersicht erschien. Hurrah, geschafft. Aber da hatte ich wohl gut zu tun um diese zu sichten. Bei der ersten oberflächlichen Durchsicht fielen mir die Buchstaben GSE ins Auge. Sie tauchten permanent irgendwo auf. Durch das Internet fand ich heraus, dass es sich um eine in Großbritannischen ansässige Firma handelte, die sich mit Flugzeugelektronik im weitesten Sinne befasste. Entwicklung neuer Systeme, stand irgendwo. War schon mal nicht uninteressant.

Eines noch, so zwischendurch, Sie fragen sich sicherlich, wie ich dazu komme Ihnen jetzt mein Leben zu erzählen. Nun, ich merkte eines Tages, dass mit mir was nicht stimmte. Ich war häufig müde, unkonzentriert und wurde sehr schnell schlapp, wenn ich mich anstrengte. Man empfahl mir Doktor

Sukandan. Mit ihm war ich sofort vertraut, wir hatten die gleiche Wellenlänge. Er untersuchte mich sehr gründlich, machte Abstriche und Biopsien für diverse Labore, Ultraschall und Röntgen und berichtete mir nach einigen Tagen dann das Ergebnis.

„Ich denke ich kenne Sie so gut," begann er,

„dass ich nicht lange um den heißen Brei herumreden muss. Ihre Werte sind, kurz gesagt, miserabel. Außerdem habe ich in den Fachbüchern die ich konsultiert habe, keine Pille gefunden, die Ihnen wirkungsvoll helfen kann."

„Wie lange habe ich noch?" unterbrach ich ihn.

„Wir haben da zwei Möglichkeiten. Möglichkeit A, ich gebe Ihnen ein Medikament, dass Sie beschwerdefrei macht. Es ist aber kein Heilmittel. Dann haben Sie vielleicht noch 6-7 Wochen. Möglichkeit B, ich verabreiche Ihnen Medikamente die gewisse Heilungschancen haben, die aus den sieben Wochen vielleicht sieben Monate machen. Dafür wird aber Ihre Lebensqualität rapide sinken. Das heißt, keinen Alkohol, Schonkost, keine Anstrengungen, also auch keine Frauen, und sie werden sich über jeden Tag freuen an den Ihnen nicht übel ist. Sie haben die Wahl."

„Da brauche ich nicht lange zu überlegen. Mein Leben soll so zu Ende gehen wie ich gelebt habe, aufrecht."

„Ich habe es auch nicht anders erwartet. Gut, ich verschreibe ihn etwas Bekömmliches. Und wenn Sie

Probleme kriegen sollten, ich meine heftige Schmerzen und so, ich werde Ihnen beistehen. Ich kenne jetzt Ihre Meinung".

Dabei drückte er mir heftig die Hände.

Malcolm wurde plötzlich unruhig. Schweiß stand auf seiner Stirn. Sein Atem ging schnell.

„Ich glaube wir müssen Schluss machen für heute," sagte er.

„Ich fühle mich nicht so gut. Strengt mich doch alles mehr an, als ich mir eingestehen möchte. Du wohnst im -Three Palmes-, hattest Du gesagt. Gut, ich gebe Dir Nachricht, wenn ich wieder fit bin. Jetzt geht es wirklich nicht mehr."

Er stand auf und wandte sich zum Gehen.

„Soll ich Dir ein Taxi rufen und Dich begleiten?"

„Dort hinten steht mein Wagen," sagte er,

„mein Fahrer wartet dort. Wenn Du mir bis dahin hilfst ist es schon ok."

Der Fahrer sprang gleich aus dem Auto als er uns kommen sah und öffnete den Schlag.

„Ich melde mich," sagte Malcolm noch. Es war das Letzte was ich von ihm hörte. Zwei Tage später, ich saß in der der Lobby meines Hotels und studierte die internationale Presse, als der Page zusammen mit einem Herrn heran kam und auf mich wies.

„Ich bin Doktor Wajan Sukandan, der Arzt von Christian Walker," sagte er, während er mir die Hand gab.

„Ich muss Ihnen leider die traurige Mitteilung machen, dass Chris vor zwei Tagen gestorben ist."

Seine weiteren Worte hörte ich wie im Nebel. Nein, nicht schon wieder, nicht schon wieder eine halb fertige Story? Nun hatte ich zwar ein angefangenes Interview, aber keinerlei Beweise. Schon wieder eine Pleite. Doktor Sukandan griff in seine Tasche und holte einen USB-Stick heraus. Das machte mich sofort wieder munter. Ich wusste augenblicklich, was das für ein Stick war.

„Den soll ich Ihnen geben, hat Chris mir aufgetragen. Sie wüssten schon was damit anzufangen, meinte er. Dann soll ich Ihnen noch viel Erfolg wünschen und Sie möchten doch bitte in seinem Sinne handeln."

Ich nahm den Stick fest meine Faust. Es war Malcolm anscheinend sehr daran gelegen, dass ich seine Geschichte der Weltöffentlichkeit erzählte. „Ich will mich damit nicht rein waschen", hatte er gesagt. „Aber ich möchte, dass die Welt die Wahrheit erfährt." Ich nickte:

„Er kann sich auf mich verlassen. Er wollte, dass ich seine Geschichte aufschreiben und davon berichte. Dafür brauche ich auch diesen Stick. Danke. Kann ich im Augenblick noch etwas tun?"

„Ich denke nein, er hat mich beauftragt, seinen Nachlass zu regeln. Er hat allerdings kein Testament hinterlassen. Soweit ich weiß, hat er keine Angehörigen. Wir haben hier im Ort einen Verein, der sich um krebskranke Waisenkinder kümmert. Die versuchen, denen die letzten Tage auf Erden so angenehm wie möglich zu machen. Wenn es keine Erben gibt, werde ich veranlassen, sein Vermögen dorthin zu transferieren. Der hiesige Gerichtspräsident ist ein Freund von mir. Insofern bin ich sicher, dass wir eine Regelung finden werden."

„Ich denke auch, das ist in seinem Sinne."

„Sie werden vermutlich baldmöglichst wieder nach Deutschland fliegen?"

„Ja, werde ich."

.Ich hob die Faust mit dem Stick hoch:

„Dieses hier ist sein moralisches Vermächtnis. Ich werde es in Ehren halten."

Jetzt brauche ich ein Bier. Ich begab mich an die Bar. Als der Barkeeper mich fragte, was ich trinken möchte, sagte ich ohne nachzudenken:

„Einen Gin Tonic bitte".

Hatte Malcolm mich gerade dazu veranlasst? Nein sicher nicht. Er glaubte, genau wie ich, nicht an ein Weiterleben nach dem Tode. Trotzdem:

„Cheers Malcolm."

Auf meinem Zimmer kopierte ich mir den Inhalt des Sticks auf meinen Laptop. Auf dem langen Flug hatte ich Zeit genug, mich damit zu beschäftigen. Schon eine erste flüchtige Durchsicht zeige mir, diese Aufgabe würde ich alleine nicht bewältigen können.

Zwei Tage später war ich wieder in meinem Büro.

10

Wen sollte ich mir als Partner suchen? Klar, alle Kollegen die ich kannte, wären hell begeistert, wenn ich sie fragen würde. Mir würde es genauso gehen. Auch ich wäre die beste Wahl, wenn man mich fragen würde. Auf jeden Fall brauchte ich jemanden mit erstklassigen Kontakten zu allen Medien, zu Fernsehanstalten genau so wie zur schreibenden Presse. Außerdem wollte ich bei der Gelegenheit natürlich Werbung für mein Buch machen. Es durfte jedoch keiner sein, der sich gleich in den Vordergrund drängeln möchte. Es ist meine Geschichte, die Geschichte meines bisherigen Berufslebens und die sollte es auch bleiben. Und noch ein weiteres Problem geisterte in meinem Kopf herum, ich brauchte eine kompetente Rechtsberatung. Dieses Thema und die Leute, denen ich auf die Füße treten würde, die wären sicherlich nicht zimperlich, wenn sie mir was am Zeug flicken könnten. So kam ich auf die Idee, mich an ein führendes Magazin zu wenden. Da hätte ich die richtigen Partner und gleichzeitig auch rechtlichen Beistand. Diese Leute wüssten, wie man so etwas anpackt und wie man sich vor Angriffen schützt. So ganz ungefährlich war die Sache letztlich nicht, darüber war ich mir bewusst.

Ich checkte alle Illustrierten durch, wieder und wieder und entschied mich letztlich für die Zeitschrift

DAS. Die hatten schon mehrfach Skandale aufgedeckt und publiziert. Ich wusste, wenn ich das Wort Yellowbird 327 erwähnen würde, stünden mir alle Türen offen. Ich dachte noch drei Tage darüber nach, dann rief ich dort an.

„Redaktion DAS, guten Tag, was kann ich für Sie tun?"

„Guten Tag, mein Name ist Joachim Christiansen. Ich hätte gerne den Chef vom Dienst gesprochen."

„Einen kleinen Moment bitte, ich verbinde."

„Petersen, ich bin der Chef vom Dienst, was kann ich für Sie tun?"

„Mein Name ist Christiansen, ich bin Journalist und ich möchte Ihnen gerne eine Story verkaufen. Mit wem kann ich da reden?"

„Mit mir natürlich, um was geht's?"

„Ich habe eine Geschichte zu veröffentlichen, die interessanter ist als alles, was Sie bisher hatten und ich möchte mit jemandem sprechen, der für solche Verhandlungen kompetent ist."

„Nun ja, solche Angebote kriegen wir täglich. Was ist so interessant an Ihrer Geschichte, dass wir uns damit befassen sollten?"

Der Mann nervte mich, jetzt würde ich ihn reizen.

„Ich garantiere Ihnen, dass Sie damit weltweit Schlagzeilen erzeugen würden."

„Wie schon gesagt, solche Angebote kriegen wir täglich. Schreiben Sie doch darüber einen Roman, wäre sicher besser geeignet. Wir sind dafür nicht der richtige Partner."

„Gut, dann suche ich mir einen anderen Partner. Ein Stichwort können Sie Ihrem Chef noch sagen: Yellowbird 327. Entschuldigung, dass ich Sie in Ihrem Mittagsschlaf gestört habe."

Damit legte ich auf. Ich schaute auf die Uhr und ging mir einen Kaffee machen. Ich gab mir 30 Minuten, dann würde sicher mein Telefon klingeln. Meine Nummer hatte er auf dem Display gesehen, sie war ja nicht unterdrückt. Ich vermutete, dass ich ihn mit diesem Gespräch doch etwas beunruhigt hatte und er seinem Chef darüber berichten würde. Ich hatte mich geirrt, es dauerte nur 25 Minuten bis der Anruf kam.

„Christiansen."

„Mein Name ist Walter Steinbach. Ich bin Chefredakteur des Magazins DAS. Sie hatten eben ein etwas unerfreuliches Gespräch mit meinem Chef vom Dienst. Ich bitte um Entschuldigung und frage, was ich für Sie tun kann."

„Zuerst würde ich Ihnen raten, einen etwas flexibleren Menschen auf diesen Posten zu setzen. Ohne Ihren Rückruf wäre Ihnen ein aufsehenerregender Bericht entgangen."

„Ich werde darüber nachdenken. Mein Mitarbeiter nannte mir als Stichwort Yellowbird 327. Natürlich sagt mir dieses Stichwort etwas. Dürfte etwa sechs Jahre her sein, dass das Flugzeug mit dieser Bezeichnung spurlos verschwunden ist. Haben Sie etwas Neues herausgefunden? Es haben hier schon viele versucht darüber Neuigkeiten zu verbreiten. Es waren bisher alles Falschmeldungen, insofern bitte ich, meinen Mitarbeiter zu verstehen."

„Vergessen wir das. Was würden Sie sagen, wenn ich Ihnen ein Interview mit dem Kapitän dieses Fluges serviere?"

„Um es klar zu sagen, ich würde sie als Spinner bezeichnen oder als Aufschneider."

„Kann ich verstehen, aber mein Interview ist echt. Es ist etwa eine Woche alt. Insgesamt habe ich gut vier Stunden Material, Audio und Video. Interessiert?"

„Ich habe in meinem Job schon viel gehört und gesehen, aber dieses Angebot schlägt alles. Ja, wenn Ihre Nachricht stimmt, dann ist es die Meldung des Jahres und natürlich sind wir brennend daran interessiert sie zu bringen. Der Flugkapitän wurde doch, wie alle anderen Passagiere auch, für tot erklärt. Wieso können Sie ihn interviewen? Lebt er noch?"

„Er ist leider kurz nach diesem Interview gestorben. Er war sehr krank und wollte sich vor seinem Ableben alles von der Seele reden. Das Ganze war kein Absturz, sondern eine inszenierte Wasserlandung. Doch genug vorerst. Wenn Sie interessiert sind, würde ich ein Treffen vorschlagen. Ich möchte dazu von Ihrer Seite einen Partner, mit dem ich die Sache durchziehen kann. Jemand auf den ich mich hundertprozentig verlassen kann. Und, besonders wichtig, es ist meine Story, die Story meines Lebens, und die soll es auch bleiben. Ihr Mitarbeiter bleibt insofern immer im Hintergrund. Mein Buch über dieses Geschehen ist schon fast fertig. Und noch etwas, Geheimhaltung ist oberstes Gebot. Wir haben Zeit, niemand drängt uns, wir können den Termin der Veröffentlichung selbst bestimmen. Dann aber mit voller Macht und auf allen Kanälen. Über die finanziellen Dinge werden wir uns persönlich unterhalten. Einverstanden?"

„Einverstanden. Wann wollen wir uns treffen?"

„Ich schlage vor Donnerstag 13:00 Uhr bei Ihnen in der Redaktion."

„Gut, dann bis Donnerstag."

Nun denn, jetzt würde es richtig los gehen. Ich war aufgeregt. Wen würde er mir als Partner vorstellen? Was sollte ich den Presseleuten zuerst zeigen? Nicht zu viel für den Anfang, sie sollten ruhig noch etwas zappeln, zumindest bis das Finanzielle geregelt war. Ich entschied mich für einen kurzen Videoclip auf dem sich Malcolm vorstellte und eine Kopie des Schreibens, auf dem er mir alle Rechte übertrug. Alles Weitere sollte ich besser mit meinem neuen Kollegen besprechen. Ich wollte ihm zuerst den USB-Stick geben, jedenfalls eine Kopie davon. Damit könnte er sich mal auseinander setzen. Dann würde ich sehr schnell sehen, was er drauf hat.

Am Donnerstag führte man mich nach meiner Ankunft gleich in das Büro des Chefredakteurs. Dort standen drei Männer und diskutierten. Einer kam auf mich zu, streckt mir die Hand entgegen und sagte:

„Steinbach. Freut mich Sie kennen zu lernen."

Dann zeigte er auf einen der beiden Männer und sagte:

„Das ist mein Chef vom Dienst, Sie hatten ja schon das etwas zweifelhafte Vergnügen. Ich wollte nur, dass sie sich kennenlernen, denn vermutlich werden Sie sich hier noch häufiger begegnen."

Der Mann reichte mir mit einem etwas verlegenen Lächeln die Hand und verließ dann den Raum.

„So, jetzt kommen wir zur Sache. Darf ich Ihnen Conrad Wollny vorstellen. Mein bester Mann für pikante Enthüllungen."

Auch der reichte mir die Hand. Sein Lächeln war angenehmer, schon in den ersten Sekunden gefiel er mir.

„Danke für die Blumen Chef, ich werde Sie bei der nächsten Lohndiskussion daran erinnern. Freut mich ebenfalls Sie kennen zu lernen Herr Christiansen."

Es war ein schnörkelloser fester Händedruck.

Wir setzen uns an einen Besprechungstisch und Steinbach sagte:

„Nun sind wir unter uns. Wir sind natürlich zum Platzen neugierig auf dass, was sie uns zeigen können."

„Machen wir es ganz einfach, ich zeige Ihnen einen Videoclip von 30 Sekunden. Dann können Sie mir sagen, ob ich glaubhaft bin oder nicht. Die Aufnahme ist etwa eine Woche alt."

Ich klappte meinen Laptop auf und tippte auf eine Taste. Malcolms Gesicht erschien und er sagte:

„Mein richtiger Name ist Malcolm Stanley Mortimer. Ich war der Pilot des Fluges 327 auf dem Weg von Singapur nach Peking, genau heute vor sechs Jahren."

Ich beobachtete die beiden Männer gegenüber genau. Sie verzogen keine Miene.

„Ok, das kann natürlich getürkt sein. Dieses hier schon eher nicht."

Damit überreichte ich ihnen einen Kopie des Schreiben von Malcolm.

„Sind das seine Fingerabdrücke?" fragte Steinbach, nachdem er den Text überflogen hatte.

„Dann können wir damit seine Identität ja überprüfen. Vielleicht in seiner Personalakte bei der Airline."

Conrad Wollny schaute bedenklich:

„Damit würden wir natürlich schlafende Hunde wecken, ich würde es im Augenblick noch nicht vorschlagen. Wie Walter mir sagte, haben wir das Heft des Handelns in der Hand. Deshalb Vorsicht. Aber Sie haben sicher noch mehr zu bieten?"

„Hab ich. Einmal über 4 Stunden Videomaterial und ich habe einen USB-Stick mit streng geheimen Dateien. Der Flugkapitän hat von einem Laptop vor dem Untergang des Flugzeuges eine Kopie gezogen. Das ist das eigentliche belastende Material. Dort werden auch die beteiligten Personen genannt, sozusagen die eigentlichen Täter. Ich gebe zu, für Sie im Augenblick etwas verwirrend. Ich gebe Ihnen mal einen kurzen Überblick. Dann dürfen Sie entscheiden und wir werden uns über die Modalitäten unterhalten müssen."

„Sie sagten mir am Telefon der Pilot wäre kurz nach dem Interview gestorben, war das ein natürlicher Tod?"

„Er hat mir gleich am Anfang gesagt, dass er sehr krank wäre, sein Arzt würde ihm noch 4-5 Wochen geben. Deshalb wollte er jetzt reinen Tisch machen. Die Welt sollte die Wahrheit erfahren, waren seine Worte. Seine Erlebnisse hat er mir erzählt, seine Erkundigungen aus dem Stick jedoch nicht mehr. Aber ich habe ihn und es ist jetzt unsere Aufgabe, das zu recherchieren".

Dann gab ich den beiden einen kurzen Handlungsablauf, ohne dabei zu sehr ins Detail zu gehen.

„Was meinst Du dazu Conrad?" Steinbach wand sich an seinen Redakteur.

„Bin dabei," sagte dieser nur.

„Gut, dann lassen Sie uns mal über Vertragsdetails reden."

Wir wurden uns verhältnismäßig schnell einig. Auch akzeptierten sie, dass ich über den Ablauf bestimmen wollte und jederzeit ein Vetorecht hätte. Wir redeten noch über die nächsten Schritte, als auch schon die Sekretärin mit dem ausgedrucktenten Vertragstext erschien.

„Dann solltet Ihr an die Arbeit gehen," sagte Steinbach und stand auf.

„Wir gehen in mein Büro," Conrad Wollny schob mich aus der Tür und in eine andere hinein.

„Ich bin Conrad, ok?"

„Klar, ich bin Joachim. Redet sich so viel besser. Wie lange bis Du schon in diesem Laden?"

„Schon ewig. Ohne mich läuft hier doch nichts."

Ich legte den Stick auf den Tisch.

„Ich denke, Du solltest zuerst mal die Dateien durchsehen und prüfen, was für uns geeignet ist."

Er nahm gleich seinen Laptop, klappte ihn auf und schob den Stick in den Stecker. Es erschien der Rahmen mit der Aufforderung das Passwort ein zu geben. Er schaute mich fragend an.

„So einfach ist das Leben eben doch nicht," grinste ich,

„Malcolm hat auch einige Zeit gebraucht, bis er auf das Passwort gekommen ist. Erzähle ich später mal wieso. Das Passwort ist blueRaven-2,"

Als er die ganzen Dateien sah sagte er nur:

„Viel Arbeit. Ich mach mich gleich ran. Willst Du Dich eigentlich gleich wieder auf die Autobahn hauen oder hast Du Zeit? Wir haben hier in der Redaktion ein kleines Apartment. Ich frage mal, ob es frei ist. Dann kann ich Dich heute Abend etwas rumführen und wir können uns ein bisschen beriechen."

Es war frei und es wurde ein ganz netter Abend. Anscheinend hatte ich den richtigen Partner gefunden.

Ich ließ Conrad einige Tage in Ruhe und arbeitete weiter an meinem Buch. Als er dann anrief sagte er zur Begrüßung:

„Heißes Material. Da hast Du uns ganz schön was

eingebrockt. Prima, ich liebe solche Sachen."

„Und hast Du schon was raus gefunden?"

„Eine ganze Menge Überraschendes. Also, die Firma GSE gibt es anscheinend nicht mehr. Das heißt, sie ist im Internet zwar noch präsent, aber wenn man anruft, hebt keiner ab. Bei einem Betrieb mit angeblich 200 Mitarbeitern etwas ungewöhnlich. Ich habe einen Kollegen in England gebeten, mal vorbei zu schauen, und der hat berichtet, der Laden sehe etwas verlassen aus. Als er am Einfahrtstor stand und durch die Gitter schaute, wäre gleich die Security erschienen und hätte ihn weg gescheucht. Von Mitarbeitern keine Spur."

„Gibt einem zu denken."

„Kann man wohl sagen. Dann habe ich herausgefunden, dass die GSE zum Konzern des Herrn van Holberg gehört und der wiederum ein Teil des Imperiums von Green Valley ist. Sagte Dir der Name etwas?"

„Das sind doch Vermögensverwalter, soweit ich weiß."

„Stimmt, ziemlich große sogar, sagen wir ruhig, größer geht es kaum. Die verwalten so viel Kohle, dass sie die ganze Welt kaufen könnten und außerdem noch Provision zahlen würden. So ganz nebenbei, sie tun es auch. Man sagt es gäbe kaum einen namhaften Politiker, der ohne sie auskommt. Wie ich anfangs schon sagte, da hast Du uns ganz schön was eingebrockt."

„Wir können uns natürlich noch zurückziehen!"

110

„Bist Du verrückt? Ich hab mich gerade heiß gelaufen, jetzt geht es doch erst richtig los. Natürlich bleiben wir bei der Stange. Ich hab schon mal bei unseren Rechtsberatern vorgefühlt, damit wir nichts falsch machen. Wenn Du das nächste Mal hier bist, müssen wir uns ausführlich mit denen unterhalten. So, ich mache jetzt weiter. Wollte Dich nur mal kurz informieren."

Mein erster Gedanke danach war, gut dass ich diese Sache nicht alleine angefangen hatte. Es wäre ein Fiasko geworden.

Daraufhin schickte ich ihm das noch unfertige Manuskript meines Buches. Er sollte über alle Geschehnisse informiert sein. Ein paar Tage später meldete Conrad sich wieder.

„So, nun hab ich wohl eine Übersicht über den ganzen Komplex. Wir sollten uns dringend zusammensetzen um über den weiteren Verlauf zu reden."

Das taten wir dann auch.

„Nun erzähle mal Conrad, was hast Du rausgefunden?"

„Fangen wir vorne an. Der Laptop von dem der Pilot die Dateien auf den Stick kopiert hat, gehörte Mitchel Chang. Er hat auch alle Buchungen für den Pekingtrip gemacht. Alle E-Mails der Korrespondenz mit seinem Freund in Peking sind darauf enthalten. Außerdem die Visaanträge. Als Reisegrund ist dort immer genannt Tourismus. Klar, keiner schreibt den wahren

Grund, wenn er abhauen will. Auch einen Rückflug würde man buchen, selbst wenn man keine Absicht hat, ihn zu nutzen. Aber aus dem ganzen Schriftwechsel geht klar hervor, dass es eine reine Vergnügungsreise werden sollte. Im Grunde hatte man überhaupt keinen Grund, die Leute zu verdächtigen. Nach dem Vertrag, den sie abgeschlossen hatten, wären sie auch ausreichend finanziell abgesichert gewesen. Es wäre theoretisch zwar möglich gewesen, abzuhauen, ja, sie hatten es aber nicht vor. Bei etwas sorgfältigerer Recherche hätte man es merken müssen. Dieser Don, falls er der maßgebliche Organisator war, war dafür aber absolut ungeeignet. Der wollte einfach Aktion, wollte beweisen, dass er schwierige Situationen beherrscht und erledigt. Dabei ist ihm diese Sache völlig aus dem Ruder gelaufen. Mitchel Chang hat dort auch Informationen notiert, die ihm wichtig schienen. Es ist kein Tagebuch, aber er hat schon interessante Dinge notiert. Zum Beispiel mündliche Anordnungen seines Chefs, besondere Entdeckungen, Fehlschläge in der Forschung, auch Differenzen mit den Kollegen. Der Chef war nach seinen Angaben in den USA um dort das Projekt vor zu stellen. Mitchel schrieb darüber nur, anscheinend wird in Zukunft die CIA uns überwachen. Wie Boris sagte, ist ein Major Donald F. Parker auf uns angesetzt worden. Wir sollten die Augen offen halten.

Malcolm hatte ja etwas über einen Don berichtet, der ihm Instruktionen gegen hat. Ob es sich da um diesen

Major handelt? Das sollten wir als Erstes überprüfen. Du schriebst in dem Interview etwas von einem Handy, das Malcolm von Don bekommen hat. Er solle es nur benutzen, wenn es Schwierigkeiten gäbe. Das hat er nach seinen Aussagen im Tresor seines Hauses verwahrt. Haben wir eine Chance daran zu kommen? Versuch doch mal Kontakt mit dem Doktor zu bekommen, wie heißt er noch?"

Er schaute auf seinen Bildschirm,:

„Ja, Dr. Sukandan. Der ist doch der Nachlassverwalter. Wenn die beiden Namen übereinstimmen, dann haben wir die erste Spur zu den Initiatoren, also den eigentliche Tätern. Malcolm ist ja auch nur Werkzeug in der Sache gewesen. Es genügt ja, wenn er uns den Chip aus dem Handy schickt. Dann können wir herausfinden, wer das Telefon, beziehungsweise wer den Chip gekauft hat. Muss man dafür auch in Indonesien einen Ausweis vorlegen?"

„Muss man. Ich hatte mir auch eine Chipkarte gekauft, so wie ich es im Ausland immer mache. Die Gesellschaft dort nennt sich Telecomsel. Hab ich behalten, weil der Name einem Deutschen natürlich auffällt. Ich war dort auf Bali auch in deren Servicecenter weil meine Mails nicht so wollten wie ich. War prima Service, kostenlos und das 24 Stunden am Tag. Ok, ich werde mal versuchen seine Telefonnummer raus zu finden."

„Hab ich schon. Hier hast Du E-Mail und Telefon. So, weiter. Dann müssen wir rausfinden, was mit der GSE

113

passiert ist. Mein Kontaktmann in England ist schon dran. Versucht es über Handelskammer und anderen Institutionen. Welche Rolle spielt van Holberg, welche Rolle spielt Green Valley? Wo steckt Boris McDouglas, der ist immerhin jetzt der alleinige Inhaber der Rechte des Projektes. Der Name sagt Dir wahrscheinlich noch nichts. Hab ich alles aus dem Chip. Der profitiert am Meisten von diesem Unfall! Ich glaube aber nicht, dass er der Initiator ist, da steckt mehr dahinter, einflussreichere Leute mit Geld. 10 Millionen haben alleine die Piloten gekostet, sicher ist noch viel an Schmiergeld geflossen. Auch Don wird nicht umsonst gearbeitet haben. Wenn er tatsächlich der ominöse Mann ist, wie wir vermuten, ist das sicherlich auch für seine Karriere sehr förderlich. Auch da wäre ein Ansatzpunkt."

„Nur wie sollen wir an solche Leute rankommen?"

„Mit Kreativität und Beziehungen. Beides haben wir und wir haben Zeit."

„Ich habe schon mal überlegt ob wir von Malcolms Familie Informationen bekommen könnten. Aber ich denke nicht. Vielleicht sollten wir sie aber vor unserer Veröffentlichung unterrichten. Wäre nur fair."

„Ja," sagte Conrad nachdenklich,

„das sollten wir tatsächlich tun, Vielleicht sogar persönlich. Könnte gleichzeitig noch ein schönes exklusives Interview geben. Das macht Du dann.

So, hau rein. Heute Nachmittag haben wir noch

einen Termin mit unseren Rechtsverdrehern. Nicht unwichtig. Dass Deine Fakten stimmen, das haben wir schon überprüft. Entschuldigung, aber muss sein. Es gab da schon mal so eine Sache wo eine ganze Redaktion mit angeblich authentischen Tagebüchern voll auf die Schnauze geflogen ist. Du erinnerst Dich?. Insofern, kein Misstrauen gegen Dich, aber auch Dein Malcolm hätte ein Fake sein können. Nun wissen wir jedenfalls definitiv, alles ok, und wir alle stehen voll dahinter. Ich freue mich schon diebisch auf die Gesichter bei unserer Pressekonferenz.

Heute Abend gehen wir übrigens zusammen Essen. Hab dazu noch zwei Kolleginnen eingeladen. Ich dachte so etwas Zerstreuung täte uns beiden ganz gut. Die eine ist ein sehr kapriziöses Ding. Wird Dir gefallen."

Ich schrieb gleich eine Mail an Dr. Wajan Sukandan, bat ihn zu prüfen ob sich in Malcolms, nein, falsch, in Chris Nachlass ein Mobile befand. Er hätte mir gesagt, es läge in seinem Tresor. Dr. Sukandan rief gleich am nächsten Morgen an. Ja, er hätte zwei Mobiles, eines davon hätte im Tresor gelegen.

„Ich schreibe gemäß Chris Wunsch seine Geschichte auf und dazu könnte dieses Mobile nützlich sein," sagte ich.

„Ich brauche auch nur den Chip. Ich möchte gerne wissen, wer diesen Chip gekauft hat, wann er gekauft wurde, und welche Nummern darauf gespeichert sind."

„Kein Problem," antwortete der Doktor.

„Sie sind ja weit weg im Augenblick. Insofern kann ich natürlich auch zur Telecomsel gehen und nachfragen. Ich hab dort ohnehin etwas zu erledigen, muss ja die Geräte auch abmelden. Da ich amtlicher Nachlassverwalter bin, werden sie mir aus Auskunft geben. Bei Ihnen ist das zumindest fraglich. Ich melde mich dann."

„Wie geht es sonst? fragte ich nach.

„Nun ja, wir haben seinen Leichnam nach hiesiger Sitte verbrannt. Chris Walker gibt es also nicht mehr, zumindest hier auf Erden. Er hat mir gegenüber in den letzten Tagen angedeutet, dass Chris Walker nicht sein richtiger Name ist. Wissen Sie etwas genaueres darüber?"

„Ja, ich weiß sehr viel über ihn. Ich werde Ihnen zu gegebener Zeit darüber Auskunft geben. Jetzt ist es noch zu früh. Lassen wir es bei Chris Walker. Sehr schön, dass Sie mir helfen wollen."

Nach drei Tagen erhielt ich eine Mail von Dr. Sukandan mit folgendem Inhalt:

Der Chip wurde am 12. Juni gekauft, von einem Amerikaner mit Namen Donald F. Parker. Anrufe sind von diesem Mobile nicht getätigt worden. Die dort gespeicherte Telefonnummer ist die Nummer einer Firma für Im-und Export in Singapur. Diese Firma existiert nicht mehr. Ich bekomme noch eine schriftliche Antwort. Diese schicke ich Ihnen dann zu.

Das war unser erster Erfolg. Wir wussten nun, wer Malcolm unter Druck gesetzt hatte. Zumindest wussten wir dessen Namen. Die Recherche ging also weiter.

Der Abend, den Conrad arrangiert hatte war wirklich sehr nett, nein falsch, er war aufregend. Als er mir Denise vorstellte knisterte es vernehmlich, anscheinend nicht nur bei mir. Conrad grinste im Hintergrund. Hatte er doch genau gewusst, was er damit anrichtete. Nun, es sollte nicht unser einziges Treffen bleiben. Ich hatte mir inzwischen eine kleine Wohnung in der Nähe der Redaktion besorgt, wollte die stundenlangen Autobahnfahrten vermeiden. Auch aus anderen, mehr privaten Gründen, erwies sich meine Entscheidung als durchaus richtig. In der Redaktion gab es sehr viel zu tun. Deren Kontakte zu nutzen, brachte mehr als daheim zu versuchen Informationen zu bekommen. Conrad hatte einige seiner befreundeten Kollegen auf unsere Suche angesetzt. Jetzt warteten wir auf Antworten über die GSE, da natürlich auch über Boris McDouglas und nun auch über den Verbleib von Major Donald F. Parker. Ein Wirtschaftsexperte recherchierte über die Verbindungen zwischen Baron van Holberg und dem Green Valley Imperium. Aufgrund der Summen, die in dieser Sache geflossen waren, vermuteten wir sehr einflussreiche Gesellschaften und Personen dahinter. Auch van Holberg würde so etwas nicht mehr aus der Portokasse bezahlen.

Mein Telefon klingelt:
„Sitzt Du gut?" fragte Conrad, sichtlich aufgekratzt.
„Unser Mann in England hat Boris McDouglas aufgespürt. Der ist jetzt anscheinend Privatier und bewirtschaftet eine kleine Farm in Schottland."
„Hat der Kollege mit ihm gesprochen?"
„Nein, nein, das hatte ich ihm ausdrücklich untersagt. Er ist nur vorbei gefahren und hat die Adresse verglichen. Ein älterer Mann arbeitete dort im Garten. Ob es McDouglas war konnte er nicht sagen, da er ihn ja nicht kennt und wir keine Fotos von ihm haben. Ist Dir klar, was das heißt? Das heißt, wir fahren in den nächsten Tagen nach Schottland. Vorher müssen wir genau überlegen, was wir ihn fragen wollen. Er wird vermutlich ein Interview verweigern, will seine Ruhe haben. Was können wir ihm anbieten, damit er mit uns redet?"
„Donald Parker erwähnen?"
„Wir wissen nicht mit Bestimmtheit, dass er ihn kennt. Ach, was ich noch vergessen habe Dir zu erzählen, die Firma GSE ist in Insolvenz, schon seit Jahren. Das Verfahren wurde immer wieder aufgeschoben, warum weiß niemand zu sagen. Man munkelt von bewusster Verschleppung. Da können wir vielleicht anpacken. Und lassen wir doch so ganz beiläufig den Namen Glasnost fallen. Da wird er

reagieren. Fragt sich nur wie. Und unser größtes Ass im Ärmel ist, dass Du mit dem Piloten des Fluges gesprochen hast. Das präsentiert dem Herren alles in einem völlig anderen Licht. Wir müssen ja nicht sagen, dass er tot ist. Ich lass alles vorbereiten. Hast Du Termine, an denen es nicht geht?"

„Nein, kannst loslegen."

„Gut, ich melde mich".

11

Die Sache mit Denise hatte sich weiter entwickelt. Um ehrlich zu sein, ich hatte mich sogar ziemlich in sie verknallt und das in meinem fortgeschrittenen Alter. Aber Alter schützt vor Dummheit nicht oder wie hieß es doch gleich? Nein, auch bei nüchterner Betrachtung war ich sehr glücklich, sie getroffen zu haben.

Denise rief am Tag nach unserem Treffen an und fragte wie es mir gehe und wie mir der Abend gefallen hätte. Ich fühlte mich geschmeichelt. Meist sind es ja die Männer, von denen erwartet wird, dass sie sich wieder melden. Während unseres kurzen Gesprächs sagte sie einen Satz, der mir besonders gefiel:

„Wenn mich demnächst mal jemand fragt, ob man sich mal wieder treffen kann, würde ich nicht nein sagen".

Ich fragte:

„Kann demnächst auch jetzt sein?"

Und so verabredeten wir, uns nach Feierabend im Foyer des Verlages zu treffen.

„Ich ruf Dich an, wenn ich hier Schluss mache," sagte sie,

„ihr könnt ja sonst doch kein Ende finden."

Wir machten einen langen Spaziergang runter zu den Landungsbrücken. Es war ein schöner Tag und durch ihre Gegenwart wurde er noch wesentlich schöner. Denise arbeitet im gleichen Verlag in der Abteilung Kunst. Sie erzählte von ihrer momentanen Arbeit über einen Artikel zur Eröffnung einer Galerie für moderne Kunst. Zwei Seiten hatte man ihr gegönnt. Sie sah es als Chance an, weiter zu kommen.

„Was macht ihr eigentlich", fragte sie so nebenbei.

„Gestern wollte ja keiner von Euch damit rausrücken."

Mir war die Frage sehr peinlich, ich hatte sie schon befürchtet.

„Weiß Du," ich dehnte die Worte etwas,

„das ist eine sehr heiße Sache, eine geheime Sache. Steinbach, Conrad und ich haben absolute Vertraulichkeit vereinbart. Es liegt mir auf dem Magen, dass ich auch Dir nichts davon erzählen darf. Wir kennen uns kaum und schon habe ich

120

Geheimnisse. Aber ich möchte mich an die Abmachung halten. Ich hoffe Du verstehst das. In ein ein paar Wochen geben wir eine Pressekonferenz, dann lassen wir mit Knall die Katze aus dem Sack. Nein, eher einen Tiger."

„Verstehe," sagte Denise.

„Macht auch nichts. Soll unser Verhältnis nicht beeinflussen."

Ich dachte daran ihr einen Kuss zu geben, unterließ es aber. So weit waren wir noch nicht.

„Ich kenne in der Nähe einen kleinen Italiener," wechselte sie das Thema.

„Der kann fantastisch kochen, wenn er denn gut drauf ist. Er ist aber nicht immer gut drauf. Wenn Du Interesse hast, rufe ich ihn nachher an und frage nach seinem Befinden. Wenn das gut ist bestelle ich gleich zwei Plätze für uns."

Mario war anscheinend gut drauf, denn wir machten uns zeitig auf den Weg zu ihm. Da er Denise als Stammgast ansah, aßen wir auch nicht sein offizielles Menü, sondern bekamen Gerichte zu kosten, die er später auf die Speisekarte setzen wollte. Es war mehr ein Testessen. Aber toll. Vielleicht spielte auch die Hoffnung auf eine Erwähnung in der DAS oder auf eine gute Kritik eine Rolle. Wein serviete er uns gratis dazu, Wein aus Flaschen, die die letzten Gäste nicht leer trunken hatten. Da waren wir sicher nicht zum letzten Mal.

Wir machten uns zu Fuß auf den Heimweg und

standen plötzlich, ohne auch nur ein Wort darüber gesprochen zu haben, in Denises Wohnung.

„Ach, dann können wir hier ja noch ein letztes Glas Wein trinken," sagte sie.

Dazu kamen wir aber nicht mehr. Wir hatten uns anscheinend beide gegenseitig davon abgelenkt. Am nächsten Morgen, es war schon mehr früher Mittag, wurde ich losgeschickt um Brötchen und Zubehör zu kaufen. Sie hatte nur Müsli da. Mit den Worten:

„Du brauchst jetzt ein anständiges Frühstück," schob sie mich aus der Tür.

Zum Glück war Wochenende. Wir verbrachten es überwiegend bei Ihr zu Hause, gingen zum Luftschnappen spazieren.

„Ich dachte daran in Kürze zwei Wochen Urlaub zu machen, wollte etwa Wandern im Allgäu," sagte sie irgendwann.

„Mal so richtig durchatmen in frischer Luft. Magst Du so was?"

„Ich bin schon häufiger im Allgäu zum Wandern gewesen. Wirklich schöne und beschauliche Gegend. Und die Touren sind dort nicht wirklich anstrengend. Also, wenn mich demnächst mal jemand fragt, ob ich Lust hätte mit zu kommen, würde ich nicht nein sagen".

War eine tolle Idee, allerdings konnte ich zum jetzigen Zeitpunkt keine Termine nennen. Erst musste die Pressekonferenz gelaufen sein, dann konnte ich weiter planen.

„Morgen fliege ich mit Conrad nach Schottland,"
sagte ich, soviel durfte ich sicher verraten.

„Wir wollen dort einen wichtigen Zeugen interview-
en."

„Und danach Whisky saufen?"

„Conrad hat schon gesagt er hätte dort einen alten Bekannten, der wäre Whiskyexperte. Ich befürchte das
Schlimmste."

„Ich werde dich schon wieder fit machen."

„Und Du stehst währenddessen bei der Vernissage
rum bei Sekt und Fingerfood, oder vielleicht auch
etwas nobler, bei Champagner und Kaviar."

„Keine Ahnung, die sind aber sehr öko dort. Also
vielleicht auch nur Mineralwasser und vegane
Schnittchen. Ich werde sehen.

12

Conrad lief schon nervös auf und ab, als ich in die
Redaktion kam.

„Ich dachte schon, Du hättest verschlafen," begrüßte
er mich, um dann mit einem süffisanten Grinsen zu
fragen:

„Nettes Wochenende gehabt?"

Ich antwortete mit einem ebensolchen Grinsen:

„Ich kann nicht klagen".

Ein paar Stunden später waren wir in Edinburgh. Wir hatten nur ein Auto, aber kein Hotel gebucht.

„Wir wissen nicht wie lange unser Gespräch dauert," sagte Conrad,

„sofern es überhaupt zu Stande kommt. Wenn nicht machen wir uns ein paar nette Tage und schreiben eine Kurzgeschichte darüber unter dem Titel: Männertour nach Schottland unter besonderer Berücksichtigung der einheimischen Whiskyproduktion."

„Ich bin kein Whiskyfreund,"

„Das werden wir schnell ändern. Ich kenne dort jemanden, der Dich ganz schnell vom Gegenteil überzeugen wird. Dazu gehört, außer dem Whisky natürlich, die Umgebung und das Flair. Davon gibt's dort reichlich. Wart´s nur ab."

Es war ein traumhafter Tag, nichts von schottisch trüb und regnerisch. Unser Autofahrt glich tatsächlich mehr eine Vergnügungsreise als intensiver Arbeit. Das Haus von McDouglas fanden wir dank der Beschreibung unseres englischen Kollegen sofort. Über der Eingangspforte ein geschnitztes Schild. >Home of Mary and Boris McDouglas.< Die reinste Idylle. Als wir klingelten kam ein Mann angeschlurft.

„Guten Tag, Sie wünschen?"

„Guten Tag, wir sind Journalisten aus Deutschland und würden gerne Mister McDouglas sprechen."

124

„Ich bin Boris McDouglas, was wollen Sie von mir? Wieder reden über die Pleite von GSE? Das ist alles kalter Kaffee, geht mich nichts mehr an."

„Nein, nein, deshalb sind wir nicht hier. Uns interessiert das Projekt Glasnost."

Boris McDouglas erstarrte förmlich, war schon dabei, uns die Pforte vor der Nase zu zu knallen. Besann sich dann doch:

„Ich kenne kein Projekt Glasnost."

„Verstehen wir, Sie dürfen es nicht kennen, da es Geheimsache ist. Wir sind auch mehr an dem Unfall Ihrer sechs Ingenieure interessiert, damals bei dem Flugzeugabsturz. Muss Sie ziemlich getroffen haben, ich meine das jetzt persönlich. Wenn man so lange zusammen gearbeitet hat und dann plötzlich alle weg, alle."

„Ja," sagte Boris,

„ja, war ziemlich hart. Aber so ist das Leben eben. Gibt es da irgend eine Neuigkeit, ich meine über den Unfall?"

„Ja, darüber möchten wir gerne mit Ihnen reden. Was würden Sie sagen, wenn ich Ihnen erzähle, dass ich vor einigen Wochen ein Gespräch mit dem damaligen Piloten hatte?"

„Ich würde Sie einen Lügner nennen. Alle Leute sind damals umgekommen."

„Ich möchte Ihnen gerne einen kleinen Videoclip zeigen von einem Interview, das ich mit ihm gemacht habe. Dauert nur ein paar Minuten. Wenn Sie dann immer noch sagen Sie hätten kein Interesse, gehen wir sofort."

„Versprochen?"

„Versprochen."

„Ok, kommen Sie rein."

Ging ja besser als befürchtet, dachte ich, als wir ihm ins Wohnzimmer folgten. Ich klappte meinen Laptop auf, schob Boris den Bildschirm hin und starte das kurze Video auf dem Malcolm sich vorstellte. Wir beobachteten seine Miene, als er es anschaute.

„Nach einer ganzen Weile:

„Ist das echt, kein Fake?"

„Es ist absolut authentisch. Wenn Sie wollen, kann ich es Ihnen auch beweisen."

Er winkte ab.

„Also ist das Flugzeug gar nicht abgestürzt wie man sagt?"

„Es ist auf dem Wasser gelandet. Bis auf den einen Piloten sind alle umgekommen dabei. Boris war sprachlos, in wahrsten Sinne des Wortes. Er öffnete den Mund, wollte etwas sagen und schloss ihn dann wieder. Mehrfach.

„Warum," sagte er dann,

„warum hat niemand davon berichtet? Es hieß immer, das Flugzeug wäre ohne Spuren zu hinterlassen ins Meer gestürzt. Warum?"

„Die Antwort ist Glasnost".

McDouglas starte uns nur an.

„Sind Sie bereit uns Ihre Geschichte zu erzählen? Wir

möchten die Wahrheit herausfinden. Wir wissen, dass auch Sie nur ein Werkzeug dabei waren. Ein Werkzeug von skrupellosen Machtmenschen. Und noch eines, wir werden das, was Sie uns erzählen wahrheitsgemäß wiedergeben. Eine Bitte haben wir allerdings, erzählen Sie niemanden von unserem Besuch und von dem, was wir Ihnen berichten. Es würde unsere weiteren Recherchen nur unnötig erschweren und den Tätern Zeit geben, vieles zu vertuschen. Wir werden Sie zu gegebener Zeit ausführlich unterrichten. Dürfen wir ein Aufzeichnungsgerät benutzen?"

„In Ordnung. Wo soll ich anfangen?"

„Fangen Sie ganz am Anfang an. Wir haben Zeit genug."

„Irgendwann bekam ich den Posten als Geschäftsführer bei der GSE. Wann weiß ich schon nicht mehr so genau. Das lief auch so ganz gut. Wir entwarfen und produzierte Sicherheitseinrichtungen für Personenkontrollen. Außerdem später Personen-Scanner für Flughäfen. Da sind wir zuerst mit Strahlen in Berührung gekommen. Wir hatten uns sehr tüchtige Ingenieure herangezogen und waren sehr erfolgreich. Irgendwann habe ich mir ein Darlehen gegönnt, wollte es auch gleich zurückzahlen. Das hat sich verzögert und van Holberg hat davon Wind bekommen. Irgend jemand hatte mich verpfiffen. Damit hat er mich erpresst. Ich musste ihm ein schriftliches Schuldbekenntnis abliefen. Sonst würde er Anzeige erstatten.

Damit hatte er mich in der Hand und hat das auch reichlich ausgenutzt. Er gab Order und ich musste es ausführen, ob legal oder nicht, ihm war es egal, der Schuldige wäre immer ich gewesen. Einer der Ingenieure kam auf die Idee, dass man Objekte so modifizieren könne, dass Radarstrahlen dann eventuell gar kein Echo erzeugen würden. Quasi für das Radar unsichtbar würden. Da haben wir mit Zustimmung von van Holberg unsere Forschungsabteilung ins Leben gerufen. Der war von der Idee begeistert, dachte gleich an Aufträge durch das Militär. Sah die Milliarden schon nur so purzeln. So fing alles an.

Nun, wir haben drei Jahre geforscht und wir hatten Erfolge. Van Holberg fragte natürlich ständig wann wir den ersten Prototyp fertig hätten. Es kostete ziemliche Summen, das Ganze. Dann führten mir die Jungs ihr erstes Gerät vor und tatsächlich, das Modellflugzeug verschwand vom Radarschirm, wenn man den Konverter einschaltete. Es war so etwas wie der Durchbruch. Van Holberg schickte mich zur US-Air-Force nach Washington, um schon mal Kunden an zu werben. Die waren natürlich hell begeistert und fragten wann wir liefern könnten. Außerdem müsste das Projekt dringend als Geheimsache eingestuft werde. Man stellte mir eine Major vor, der jetzt unser Kontaktmann wäre. Sein Name war Donald F. Parker. Ein paar Wochen später flogen meine Leute zur Elektronikmesse nach Singapur. Danach wollten sie eine Woche Urlaub in Malaysia machen, was ich letztlich auch genehmigt habe. Den Ablauf dieser Reise kennen Sie. Ach ja, vorher hatten sie mich mit einem Vertragsentwurf überrascht. Sie wollten an ihrer Erfindung angemessen beteiligt werde. Deshalb wollten sie schon jetzt ein Patent darauf anmelden und sich alle sechs und, zu meiner Überraschung, auch mich als Patentinhaber benennen. Ich fühlte mich geehrt, hatte so etwas nicht erwartet. Ich habe den Vertrag dann mit viel Überredung bei van Holberg durchgeboxt. Mit kleinen Änderungen. Wir waren zu gleichen Teilen beteiligt, wenn einer ausfiele, dann sollten die Anderen die Anteile bekommen. Man wollte damit eine Zersplitterung der Anteile verhindern. Verkäufe waren auch nur mit einstimmiger Zustimmung aller möglich. Nach dem Tod der sechs Ingenieure war ich so plötzlich der alleinige Inhaber."

„Mary!" rief Boris plötzlich. Eine Frau erschien mit fragendem Blick in der Tür.

„Meine Frau Mary," sagte Boris.

„Das sind Journalisten aus Deutschland. Kannst Du uns einen schönen Kaffee machen? Und dazu vielleicht eine kleine Probe von unserem Illegalen?"

Boris McDouglas hatte uns anscheinend als vertrauenswürdige Partner akzeptiert.

Seine Frau kam zurück mit einer Flasche und drei Gläsern. Boris schenkte jedem einen winzigen Schluck ein.

„Probieren Sie ganz vorsichtig. Diese ist eines der

besten Dinge, die man aus Gerste machen kann. Als wir hier her zogen habe ich mir gleich erklären lassen, wie man das anstellt. Anscheinend habe ich schnell gelernt. Also cheers."

Der schwarzgebrannte Whisky schmeckte interessant, würde ich sagen. Conrad sah es anders, er war begeistert.

„Toll, schmeckt wie das Land. Leider haben wir heute das falsche Wetter. Es muss neblig sein und kühl. Aber trotzdem, Boris, toll. Haben Sie davon vielleicht noch was übrig für uns?"

Boris schüttelte nur den Kopf und sagte schlicht:

„No. Its only for me.

Ich habe von dem Flugzeugabsturz aus dem Fernsehen erfahren. War für mich ein Absturz wie viele, ich hatte ja keine Beziehungen zu diesem Flug. Erst Tage später wurde berichtet, dass dabei sechs Ingenieure aus Groß Britannien ums Leben gekommen waren. Dann riefen Leute bei mir an, die mehr wussten. So langsam erfuhr ich die schlimmen Tatsachen. Konnte allerdings immer noch nicht verstehen, was meine Jungs in einem Flieger nach Peking zu suchen hatten."

Mary kam mit dem Kaffee und verschwand schweigend wieder.

„Dann rief van Holberg an und erklärte mir, dass die Forschungsarbeit unbedingt weiter gehen müsste und ich solle doch ganz schnell neue Fachleute rekrutieren. Er benutzt wirklich das Wort rekrutieren. Die toten Mitarbeiter hat er mit keinem Wort erwähnt. Ich machte die üblichen Kondolenzbesuche bei den Familien, konnte deren Fragen allerdings auch nicht erklären. Was zum Teufel hatten sie in einem Flieger nach Peking zu suchen? Ich wusste es nicht. Auf die Idee, dass sie unser Projekt an die Chinesen verkaufen könnten, darauf bin ich erst viel später gekommen.

Die Suche nach neuen Mitarbeitern war nicht so einfach. Letztlich fand ich drei, die auch ganz gut waren. Da diese merkten, dass wir in Druck waren, lagen ihre Forderungen natürlich auch in entsprechender Höhe.

Ok. Die Arbeit ging jedenfalls weiter. Wir hatten einen Prototypen, den, den man mir vorgeführt hatte und die ganzen Dokumente im Tresor. Das sollte der Startpunkt für die Neuen sein, aber der Prototyp lief nicht. Das Modellflugzeug leuchtet fröhlich weiter auf dem Bildschirm, wenn wir das Radar anschalteten. Wir testeten und probierten monatelang ohne Ergebnisse. Einem der neuen Ingenieure fiel auf, dass in dem Prototyp ein Steckplatz war, der unbelegt war. Wenn er wichtig wäre, dann müsste im Tresor auch ein passender Chip sein, denn alle wichtigen Dinge wurden dort gesichert. War aber nicht.

Nach etwa sechs Monaten wurde ich zu van Holberg zitiert. Er hatte anscheinend die Geduld mit uns verloren, so dachte ich. Bei ihm traf ich den mir aus Washington bekannten Major Douglas F. Parker. Jetzt allerdings im Rang eines Colonel. Van Holberg eröffnete mir gleich, dass man mit unserer Arbeit nicht zufrieden wäre. Man bräuchte Ergebnisse, er meckerte auch darüber, dass wir nicht vorankämen, ja sogar hinter den früheren Ergebnissen zurück blieben.

Parker ergriff ungeduldig das Wort:

„Mister McDouglas wo ist der Chester-Chip?"

„Chester-Chip? Ich weiß von keinem Chester-Chip. Hab das Wort noch nie gehört. Hat das etwas mit unserem Chester Lee zu tun?"

„Sie sind der Generalmanager und Sie müssen doch wissen, was in Ihrem Betrieb passiert."

„Ich denke, das weiß ich auch, aber Chester-Chip ist mir kein Begriff. Wo haben Sie davon gehört?"

Parker antwortete nicht".

„ Nun,"sagte van Holberg,

„ich habe aufgrund des fehlenden Erfolges und der enormen Geldmenge, die das Projekt bisher verschlungen hat, beschossen, die Firma aufzugeben. Die GSE wird in die Liquidation gehen."

Man ließ mir gerade noch Zeit, um Luft zu schnappen.

„Ihnen mache ich einen Vergleichsvorschlag. Sie werden in den Vorruhestand gehen. Aus der Abwicklung der Firma halte ich Sie raus. Ich zahle Ihnen die Differenz zwischen Ihrer Rente und Ihrem jetzigen Gehalt. Davon lässt sich sicher ein angenehmer Ruhestand finanzieren. Die alte Sache mit dem Darlehen vergessen wir dann auch."

Er machte eine Pause und Parker fuhr fort:

132

„Sie sind jetzt der alleinige Inhaber der Patente des Projektes Glasnost. Eine Sache, die vielen zu denken gibt. Sie sind der einzige Nutznießer aus dem Flugzeugunfall. Wenn ein paar Neider darauf stoßen und Untersuchungen über die Unfallursache anstellen, könnte es für Sie ungemütlich werden."

Er machte eine Kunstpause.

„Nicht dass wir Sie verdächtigen, nein, aber solche Untersuchungen dauern ewig und kosten für beide Seiten viel Geld. Anwälte, Gerichtskosten, Gutachten und so weiter. Auch eine Untersuchungshaft ist nicht ausgeschlossen."

„Wir wollen Sie davor schützen," van Holberg ergriff wieder das Wort,

„mein Vorschlag also, Sie verzichten auf Ihre Ansprüche an dem Projekt und übertragen sie mir. Mein Vergleichsangebot gilt. Damit Ihnen die Entscheidung leichter fällt, haben wir schon einen entsprechenden Vertrag ausgefertigt. Sie brauchen hier nur zu unterschreiben. Notariell ist er schon beglaubigt."

Daraufhin reichte er mir eine Mappe mit der Vertragsausfertigung. Als ich zögerte, sagte er:

„Falls Sie ablehnen, werden Sie die Konsequenzen tragen müssen. Nun, wir haben nicht viel Zeit."

Damit reichte er mir einen Stift und ich unterschrieb, ohne den Vertrag durch zu lesen. Dann standen beide auf und ich verließ den Raum."

Boris knirschte hörbar mit den Zähnen.

„Es war nicht das erste Mal, dass van Holberg mir, beziehungsweise uns, vors Schienbein trat. Oh nein. Er wusste genau, ich konnte nicht dagegen protestieren."

„Um was ging es denn damals?" fragte Conrad.

„Nun, ist zwar eigentlich geheim, aber warum soll ich es Ihnen nicht erzählen. Ich bin nicht mehr verantwortlich. Sie brauchen es ja nicht gleich an die ganz große Glocke zu hängen. Durch unsere Erfahrungen mit Einlasskontrollen und auch durch die Personenscanner suchten wir nach Vereinfachungen. Die üblichen Chipkarten konnte man verlieren oder vergessen. Die Karten hatten ja auch nur diese Größe, damit man sie anfassen konnte, der Chip war nur noch einen Zentimeter groß. Über die Idee eines Armbandes oder einer Halskette kamen wir auf eine neue und innovative Idee: Warum den Chip nicht gleich unter die Haut schieben. Da war er sicher, geschützt und man konnte ihn auch nicht vergessen. So etwas Ähnliches machte man ja schon seit Jahren bei Haustieren. Die Chips wurden immer kleiner, bald hatten sie nur noch die Größe eines Reiskornes. Sie verbrauchten auch keinen Strom, genau so wie die bekannte Chipkarte. Deshalb arbeiteten wir daran Chips zum Implantieren herzustellen. Wir hatten dazu eine eigene Abteilung eingerichtet, die unter der Leitung von Dr. Stratland lief. Der war Ingenieur, Elektroniker und Physiker Dann war da noch Dr. Berking, ein Neurologe und vier bis fünf Techniker. Das lief auch ganz erfolgreich, aber andere Firmen waren schneller. Eine Fabrikation lohnte sich nicht mehr. Mittlerweile gibt es sie für die unterschiedlichsten Zwecke. Die Kleinsten kann man beim Impfen gleich mit injizieren. Dann braucht man keinen Ausweis mehr um seinen Impfstatus zu präsentieren.

Um weiter zu kommen machten wir einmal im Monat eine Teambesprechung, in der jeder seine Meinung sagen durfte. Bei der letzten hatte jemand Geburtstag. Ich hatte dazu einige Flaschen Wein mit gebracht. Insgesamt waren wir fünf Personen. Aus dieser Besprechung wurde dann, dem Alkohol sei Dank, ein interessantes Brainstorming.

Ich schildere mal, wie es da zu ging, soweit ich es noch in Erinnerung habe. Dr. Stratland war dabei, Dr. Berking, Ian Smith, ich und dann noch Bred Jonson, der auch am Projekt Glasnost arbeitete.

13

„Also lieber Berking," Stratland hob sein Glas,

„eine Rede schenke ich mir, alle guten Wünsche zum Geburtstag vom ganzen Team und noch viele erfolgreiche Jahre. Möge die Zusammenarbeit mit Ihnen so erfolgreich und auch so angenehm sein wie bisher."

Alle tranken. Dann ergriff ich das Wort:

„Ich habe einmal eine Zusammenstellung der Implantationschips gemacht, die bereits auf dem Markt sind beziehungsweise in der Entwicklung weit fortgeschritten, da wären:

Einlaßkontrollen, bereits kalter Kaffee.
Bezahlen aus dem Handgelenk, dito.
Persönliche Daten auslesen, ganz allgemein.
Impfchips.
Die Oyster Card in London,
    zum Bezahlen in den Verkehrsmitteln.
    jedoch vorläufig noch mit Karte

Das sind alles passive Chips, die nur Daten speichern, die man ihnen vorher eingegeben hat. Allerdings auch nutzbar, um Personen zu lokalisieren.

Die nächste Stufe ist ein aktiver Chip, der auch Informationen sammelt und dann weiter gibt. Einsatzgebiet ist natürlich da die Medizin. Der Chip misst laufend den Blutdruck, den Blutzuckerwert, und so weiter. Im Prinzip könnte er die ganzen Werte eines Blutbildes, wie es sonst im Labor mit einer Blutprobe gemacht wird, selbst ausführen. Beim Überschreiten bestimmter, vorher vom Arzt eingestellter Werte, schlägt er Alarm. Eine automatische Verbindung über ein Handy zum Arzt ist natürlich kein Problem."

Alle hatten ihre Gläser ausgetrunken und Dr. Stratland schenkte nach und öffnete weitere Flaschen.

„Und genau da fängt das Problem an," Ian Smith mischte sich ein.

„Wer kann und darf diese Werte auslesen? Gibt es da eine Datensicherung? Missbrauch ist absolut möglich. Wenn mein Mitbewerber um einen höheren Posten meine Werte ausließt und es ist nur ein wenig Negatives darin, dann hab ich schon verloren wenn er diese Daten bekannt gibt."

„Ok," sagte Stratland,

„ich denke, das ist ein technisches Problem und lösbar."

Dr. Berking:

„Denkbar wäre doch, dass man damit eine Infektionswelle, eine Epidemie oder meinetwegen gleich eine Pandemie rechtzeitig erkennen könnte. Man könnte dann infizierte Personen aus der Masse ganz gezielt herausfischen und so eine Verbreitung im Keim ersticken.

Es gibt sogar schon einen Biochip für den SARS-CoV-2-Nachweis, der kurz vor der Zulassung steht. Man will damit ein Früherkennungssystem emtwickeln, das Pamdemien und leichtere Infektionsausbrüche vor dem Ausbruch erkennt. Dann gibt's da noch Nanochips, Quantenpunkte und andere Dinge. Aber das geht über unser Thema hinaus."

Nochmal Ian Smith:

„Das ist die Weiterführung meines Gedankens. Man,

wer auch immer, greift dann in mein Leben ein, ohne mich vorher zu fragen. Mit der Begründung, wir haben eine Pandemie verhindert, kann man sich sicher noch rechtfertigen, aber wo ist da die Grenze? Ich bin doch für alle Leute, die sich mit dieser Materie auskennen, ein offenes Buch."

„Wie wäre es mit einem Finanzamtchip?"

So langsam nahm die Diskussion Fahrt auf. Stratland musste schon wieder zwei Flaschen aufmachen.

„Dann spinnen wir das Thema doch mal etwas weiter," sagte er, während er die Gläser wieder füllte.

„Bisher sind wir so weit in unseren Überlegungen, dass wir Informationen aus den Leuten auslesen können. Der nächste Schritt wäre dann doch, wir geben den Leuten über ihren Chip Befehle, sagen ihnen, was sie zu tun, oder auch zu lassen haben. Wenn ich zum Beispiel meinem Klienten sage oder elektronisch mitteile, gehe nach rechts, dann geht er nach rechts. Wenn ich sage gehe nach links, tut er auch das. Und wenn ich will, dass er umkehrt, kurzer Druck auf eine Taste und er tut es."

„Geht nicht," das war Bred, der bisher geschwiegen hatte.

„Der Befehlsgeber kann ja nicht sehen, wo sein Klient hingeht. Der würde also ziemlich schnell auf die Schnauze fallen. Seine Augen mitbenutzen ist vermutlich noch in weiter Ferne. So geht es nicht. Du musst dann an sein Gehirn ran. Musst ihm den Gedanken eingeben, dass er nach rechts gehen muss.

Ob es geht und ob dort ein Hindernis ist, sieht er dann ja selbst und kann reagieren und ausweichen. Genau so wie er es bisher immer gemacht hat. Seinen Befehl wird er trotzdem ausführen."

„Also volle Kontrolle über einen Menschen?"

„Genau"

„Deshalb auch die Idee, den Babys gleich nach der Geburt im Krankenhaus den Chip einpflanzen. Muss ja kein Microchip sein. Im Körper ist Platz genug. Dann hat man irgendwann die volle Kontrolle über die ganze Bevölkerung."

„Und eines geben wir dann noch obendrauf, sozusagen als Bonbon, das Glückshormon. Alle Leute sind immer glücklich, egal was sie gerade tun."

„Dann gibt es keinen Neid mehr."

„Der Müllfahrer fühlt sich genau so wohl wie der Direktor."

„Der perfekte Sozialismus."

„Alle verdienen das Gleiche."

„Nein, das Geld wird abgeschafft. Es ist nicht mehr erforderlich. Wer etwas braucht, geht in den Supermarkt und bedient sich. Was sie essen müssen ist natürlich auch schon vorgegeben. Sie müssen ja leistungsfähig bleiben. Und es schmeckt natürlich alles toll, da man ja glücklich ist. Also ist das ganze Essen rein funktional."

„Man kann den Leuten bestimmte Berufe einfach zuweisen. Wenn man Kraftfahrer braucht, bestimmt man welche und bildet sie aus. Sind ja immer glücklich dabei."

„Nein, Ausbildung ist überholt, macht alles der Chip. Eine kurze Programmierphase und er weiß alles, was ein LkW-Fahrer wissen muss. Und das natürlich fehlerfrei."

Alle redeten durcheinander. Es fiel schwer, die Übersicht zu behalten.

„Für einen Wirtschaftsminister muss das doch toll sein. Er kann jederzeit Leute dort einsetzen wo die Wirtschaft sie braucht. Arbeitslose gibt es nicht mehr. Karrierestreben aber auch nicht. Und alle sind zufrieden."

„Was ist mit Ausfällen? Die wird es ja weiterhin geben, durch Krankheit oder Unfall, auch älter werden die Leute."

„Nun, man wird versuchen sie zu reparieren und wenn das nicht geht, wird man sie entsorgen. Da jedermann immer glücklich ist, ist ja auch keiner traurig wenn Leute entsorgt werden."

„Und wie ist es beim Gegenteil? Nachwuchs muss ja weiterhin produziert werden."

„Das wird per Computer geregelt. Zu einem bestimmten Zeitpunkt wird man in das entsprechende Institut geschickt. Da werden dann die ausgewählten Paare zusammen geführt. Und das wars. Sind ja alle glücklich, auch darüber. Also wenn Du denkst, Du könntest Dir da was ganz Schnuckeliges aussuchen, ist nicht. Macht aber ja auch nichts. Du bist ja glücklich.

„Jaaa,", sagte Stratland sehr gedehnt,

„wer sitzt denn nun an den entsprechenden Knöpfen? Wer bestimmt, was läuft. Und vor allem, wer steuert diese Leute?"

„Ein Computer? Computer sind rational und unparteiisch. Der könnte diese, nennen wir sie mal Elite, auswählen."

„Wozu? Ich meine wozu braucht der Computer eine Elite, die seine Befehle ausführt? Das kann er doch auch selbst."

„Stimmt," das war Berking diesmal. Er lehnte sich zurück, trank den letzten Schluck und sagte dann:

„Da der Computer, wie gerade gesagt, rational denkt, wird er logischerweise feststellen, dass er die Menschen überhaupt nicht braucht. Er wird sie alle abschaffen. Und für die Erde wäre es ohnehin die beste Lösung."

Dann stand er auf, schüttelte sich, nahm seine Jacke und sagte beim Hinausgehen:

„Zum Glück sind wir noch nicht so weit und ob wir dahin kommen wollen, sollten wir uns reiflich überlegen. Ich gehe nun nach Haus, und zwar ganz aus eigenem Entschluss".

Am nächsten Morgen waren alle leicht verkatert aber pünktlich wieder da. Wir beschlossen, an unseren Chips der ersten Kategorie weiter zu arbeiten.

Etwa eine Woche später teilte van Holberg mir mit, dass die Chipforschung in ein neu gegründetes Labor ausgelagert werden würde. Das sei besser geeignet als dieses hier, auch wäre dort ein Hochsicherheitslabor angegliedert. „Die Entwicklung geht immer mehr in Richtung Medizin, dafür brauchen wir dann absolute Spitzenleute. Die Leitung des neuen Labors wird Dr. Stratland übernehmen, Dr. Berking leitet die medizinische Abteilung. Auch Ian Smith wird dorthin wechseln."

Nach einem Jahr hörte ich aus zuverlässiger Quelle, dass van Holberg plante auf dem Gelände seines Landsitzes ein innovatives Institut zu gründen, das sich speziell mit Medizintechnik befasst. Details kenne ich nicht"

„Das war`s, nun kennen Sie meine Geschichte. Der Rest ist langweilig. Vielleicht ist es ganz gut so. Wir fühlen uns hier ganz wohl. Auch mein Whisky trägt sicher dazu bei."

Und nach einer Weile:

„Verstehen Sie, dass ich mich mit dieser Angelegenheit nicht mehr beschäftigen möchte? Meine Frau würde mich erschlagen."

„Wir versprechen Ihnen, dass wir Sie so weit es möglich ist raushalten. Wichtig war für uns, ein paar Dinge zu klären. Dabei haben Sie uns sehr geholfen. Genießen Sie das Leben auf dem Lande und Ihren Illegalen. Noch eine letzte Frage, wem gehört der Laptop mit einem roten Flamingo?"

„Sie wissen ja eine ganze Menge. Nun, das war der

Computer von Tom Wilkinson. Die sechs hatte alle unterschiedliche Vögel auf den Deckel geklebt. Da sie mitunter auch den Laptop ihres Kollegen benutzten, erkannten sie daran das jeweilige Passwort. Der ganz private Teil war natürlich gesondert abgesichert."

Als wir aufstanden sagte Boris:

„Jetzt weiß ich aber immer noch, was meine sechs Ingenieure eigentlich in Peking wollten. Doch mit dem Projekt abhauen? Drei waren immerhin auch chinesische Staatsbürger."

„Nein, die wollten nur Urlaub machen und die drei Chinesen wollten ihren englischen Kollegen Peking zeigen. Eine reine Vergnügungsreise also. Die Aufregung wichtiger Kreise über diese Reise zeigte letztlich eine völlige Fehleinschätzung der Lage. Die ganze Aktion war falsch und sinnlos."

Wir schüttelten uns die Hand und er begleitete uns zum Gartenzaun.

„Nun Conrad," sagte ich, als wir zum Auto gingen, „wirst Du Dich chipen lassen?"

„Das hast Du falsch verstanden. Es wir Dich keiner fragen, ob Du willst, man wird es empfehlen, auch wird man es nicht gesetzlich verordnen. So etwas macht die Politik doch nicht. Man wird den Zugang für Nichtgechipte immer weiter einschränken. Das fängt beim Fußballspiel an, geht über Museen, Restaurants, Hotels und so fort weiter. Spätestens wenn Du nicht mehr in Deinem Supermarkt einkaufen kannst oder Dein Bäcker an der Ecke Dir keine Brötchen mehr verkauft, weil Du es nicht bist, hast Du keine Wahl mehr."

Und nach einer Weile sagte er:

„Ich weiß, was Du jetzt überlegst. Das Gleiche wie ich. Woher kennt Colonel Donald F. Parker den Begriff Chester-Chip? Da gibt es doch nur eine Möglichkeit. Nur zwei Parteien können mit dem Begriff was anfangen, eine davon sind wir. Er hat sich verraten. Damit können wir ihn festnageln."

„Und wir wissen, dass er kurz vor dem Absturz auf Bali war. Vermutlich war er auch am Kauf des Hauses beteiligt. Was ist eigentlich mit dem Copiloten? Wohin wollte man den bringen, doch wohl kaum an den gleichen Ort wie Malcolm."

„Klären!"

Ich überlegte, dass wir uns jetzt um ein Nachtquartier kümmern müssten. Aber Conrad hatte schon sein Handy am Ohr und rief einen Bekannten in Schottland an. Wo hatte der Typ eigentlich keine Kontakte? Klar, das macht den Erfolg eines Enthüllungsjournalisten aus. Und Conrad war definitiv einer.

„Der Finley hat mir einen Pub empfohlen, der ganz nette Zimmer hat und in dem man auch gut essen kann. Ist gar nicht so weit. Er stößt dann später dazu. Wir sollten Haggis essen, Spezialität in Schottland. Gibts dort immer Donnerstags. Heute ist Donnerstag. Finley ist übriges Whiskyexperte! Alles klar?"

Wir aßen natürlich Haggis. Ich bestelle gerne etwas

was ich noch nicht kenne. Ob ich es dann später noch einmal tue, entscheide ich nach dem Essen. Nun, es schmeckte besser als befürchtet, erinnerte mich an ähnliche Gerichte aus Norddeutschland. Hauptbestandteile sind Innereien vom Schaf und Hafergrütze. Das Ganze gekocht im Schafsmagen. Dazu gereicht wurden Kartoffel- und Steckrübenpüree.

Finley war ein Urtyp. Bei seinem Vollbart sah man vom Gesicht eigentlich nur blitzende Augen und kurz seine Lippen, wenn er das Whiskyglas zum Mund führte. Dann wurde der Schnauzbart etwas angehoben. Der Pub war anscheinend seine Stammkneipe. Er hatte sogar den Schlüssel zu einem verglasten Schrank, hinter dem zahlreiche Whiskyflaschen auf ihre Kenner warteten. Wir hätten sie alle probieren können, aber leider gibt es dafür sehr schnell mentale und physische Grenzen. Außerdem ging am nächsten Morgen unser Flug. Finley hatte zu jeder Flasche eine Geschichte parat, erzählte über Gerstenqualitäten, Torfeinsatz und dem richtigen Brauwasser. erklärte was es mit dem Singelmalt auf sich hat und wie lange die jeweilige Probe im Fass gelagert hatte. Er brachte mir den Whisky tatsächlich näher. Mein Resümee: Bei besonderen Gelegenheiten gerne wieder.

Auf dem Rückflug sagte Conrad plötzlich:

„Wir müssen den Geldfluss aufklären. Wie, wann und von wem kam das Geld auf das Konto von Malcolm?"

145

„Wie sollen wir an solche Informationen kommen?" fragte ich zurück.

„Ich kenne da jemanden, der das fertig bringt. Dazu muss ich aber erst Steinbach fragen, denn erstens ist es illegal und zweitens kostet es Geld. Ich denke aber, er wird zustimmen. Ich werde den Verdacht nicht los, dass van Holberg doch die treibende Kraft hinter der Aktion war. Mit Billigung und Rückendeckung durch Green Valley. Versuche doch mal über den Doktor die Kontonummern von Malcolm zu bekommen."

Am nächsten Morgen rief ich Dr. Sukandan an. Er war sofort bereit, mir die erforderlichen Daten zu besorgen.

„Was machen Sie mit Malcolms Haus? fragte ich noch.

„Sie werden es sicherlich verkaufen. Können Sie mir auch sagen, wer es gekauft hat, wann und von wem?"

„Wir überlegen noch, ob wir es eventuell für das Waisenkinderhospiz verwenden können. Das klärt sich in den nächsten Tagen. Ich schicke Ihnen die Angabe über Mail."

Die Antwort? Das Haus wurde am 30. Mai gekauft, also fünfzehn Tage vor dem Absturz. Und zwar von einer Firma in Singapur, die als Im-und Export firmierte. Deren Telefonnummer war mir bereits bekannt. Die Firma gab es allerdings nicht mehr. Die hatten es vom Vorbesitzer offiziell gekauft und als neuen Eigentümer Christian Walker eintragen lassen.

146

Wir zogen Bilanz. Ein Kollege ermittelte über die Geschäfte des Herrn van Holberg. Ein Kollege erforschte in den USA seine Verbindungen zu Green Valley und gleichzeitig die Aktivitäten von Colonel Donald F. Parker. Ein mir Unbekannter spürte dem Geldfluss nach, mit dem zehn Millionen Dollar nach Indonesien transferiert worden waren. Wir selbst wollten klären, wie das Glasnostprojekt weiter verfolgt wurde. Und zwar wo, wie und mit welchem Erfolg.

„Den Parker können wir doch letztlich über die Klinge springen lassen," sagte ich zu Conrad.

„Material gegen ihn haben wir doch genug."

„Haben wir, aber der Mann ist ein Colonel. Der hat entsprechende Kontakte und, ein Typ wie er, kennt auch bestimmt Leute, die er unter Druck setzen kann, wenn es sein muss. Ich denke da an so einen Fall aus Vietnam, wo ein Captain, er war nur ein Captain, 504 Menschen und zwar unbewaffnete Greise, Frauen, Kinder, Babys hat meucheln lassen. Jeder wusste das, aber erst nach Jahren wurde ihm der Prozess gemacht. Er bekam zwar lebenslänglich, aber nach drei Jahren wurde er auf Bewährung entlassen. Im Übrigen hat er die Zeit nicht im Knast verbracht, sondern in einem Camp der Marines. Dort soll es ihm ganz gut gegangen sein. Selbst Damenbesuche waren ihm erlaubt. Er war für die Marines eben ein Held. Ich erzähle das nur, um Dich zu warnen. Man wird den Mann schützen, auch um sich selbst zu schützen. Insbesondere natürlich das Image der Truppe. Der Jour-

147

nalist, der die Sache gegen alle Widerstände an die Öffentlichkeit gebracht hat, wurde später mit dem Pulitzerpreis ausgezeichnet. Also, nutze Deine Chancen. Ok, war nicht so ernst gemeint."

Der Kollege in England meldete, dass das Projekt Glasnost jetzt in den USA weiterverfolgt wurde, in einer Firma die auch van Holberg gehörte. Alles stand anscheinend unter der Aufsicht der Air-Force. Ein gewisser Colonel Parker wäre dort sehr aktiv. Eine Verbindung zu einer Vermögensverwaltung mit dem Namen Green Valley bestünde. Man werbe damit in Insiderkreisen, dass Anlagen in dieses Projekt sehr große Gewinne verspräche. Ob Ergebnisse vorlägen oder die Geräte bereits in Einsatz waren, konnte nicht ermittelt werden.

Neue Nachricht aus Washington. Colonel Donald F. Parker hat sich beworben, die Leitung des neu gegründeten Instituts zu Erforschung neuerer Methoden der Flugabwehr zu übernehmen. Unser Mann bemühe sich, Kontakt zu einem Abgeordneten aufzunehmen, der bei der in den USA üblichen Befragung der Kandidaten von einem Ausschuss beteiligt ist. Er fragt an, ob wir Informationen hätten, die wir ihm zur Verfügung stellen könnten. Eine Gruppe möchte verhindern, dass Parker den Job bekommt. Er wäre als korrupt bekannt, man hätte ihm aber nie etwas nachweisen können.

„Was hältst Du davon, Conrad? Sollten wir ihm

Informationen geben und wenn ja, was?."

„Ja, was? Soweit mir bekannt, ist die Army immer sehr darauf bedacht, die Auslandsaufenthalte ihrer Leute zu überwachen. Indonesien ist den USA ohnehin sehr suspekt. Ein Offizier der privat dorthin reisen will, braucht dazu eine Genehmigung. Die Frage ist daher, war Parker in offiziellem Auftrag im Land oder privat. Und wenn privat, dann hätte er es melden müssen. In seiner Vita, die er veröffentlicht hat, steht davon nichts. Er hat es also nicht gemacht. Die einzige legale Möglichkeit wäre, dass er im Auftrag der Geheimdienste dort war. Das müsste der Abgeordnete aber erfahren können. Nein, ich bin sicher, Green Valley hat ihn dorthin geschickt, privat natürlich."

„Oder van Holberg".

„Na ja, hat der so viel Einfluss? Wohl eher nicht."

„Wir könnten eine Kopie der Bescheinigung der Tele-comsel rausrücken, die beweist, dass Parker Anfang Juni auf Bali war. Wenn er bestreitet, jemals in Indonesien gewesen zu sein, dann kann man ihm nachweisen, dass er lügt. Lügen unter Eid vor einem Ausschuss. Das wärs dann für ihn. Allerdings lassen wir dann die Hosen runter. Wir warnen ihn. Wenn wir es so hinkriegen, dass wir zeitnah unsere Pressekonferenz machen, dann ist das ein weiterer Knüller, das würde hin hauen. Schaffen wir das?"

„Ich erkundige mich mal, wann die Befragung ist, dann können wir planen. Ich denke wir brauchen noch so zwei bis drei Wochen Zeit"

„Ich denke gerade über eine weitere Möglichkeit nach. Frag doch unseren Mann in Washington mal, ob man sich auf den Abgeordneten verlassen kann. Ich meine in Bezug auf Verschwiegenheit. Dann könnten wir ihm Material liefern, das ihm den Colonel Parker ein für alle Mal vom Halse hält."

„Du meinst?"

„Ja, er könnte ihn noch im Sitzungssaal verhaften lassen wegen Planung und Vorbereitung zum 164- fachen Mord durch den bewussten Absturz von Flug 327

„Der Hammer, dafür wird er alles für uns tun."

Conrad griff gleich zum Telefon und rief in Washington an.

„Nun, was hat er gesagt?" fragte ich ihn als er den Hörer weglegte.

„Er sagte, der wäre wie alle Politiker. Wenn es förderlich für seine Karriere ist, kann man sich hundertprozentig auf ihn verlassen. Wenn nicht, würde er alles abstreiten und als bösartige Unterstellung von sich weisen. Ich denke, wir sollten es riskieren. Aber ich werde vorher mit Walter darüber sprechen.

Wir gingen beide zu Walter Steinbach und unterbreiteten ihm unseren Vorschlag. Er war hellauf begeistert, auch über die sich damit bietende Möglichkeit, den Verlag und die Illustrierte DAS weltweit bekannter zu machen. Bei dem Namen des Abgeordneten wurde er nachdenklich und bat uns, in einer Stunde wieder zu kommen, er müsse in dieser Angelegenheit vorher mal telefonieren.

„Ok," sagte er, als wir später zu ihm kamen.

„Wir machen das. Der Name des Abgeordneten kam mir irgendwie bekannt vor. Wir sind uns schon mal begegnet. Es war bei einem Empfang in der Deutschen Botschaft. Natürlich erinnerte er sich nicht an mich, aber Politiker sind ja immer ganz happy wenn man sich an sie erinnert. Er macht mit. Hat mir eine Handynummer gegen, auf die nur er alleine Zugriff hat. So, was geben wir ihm?"

„Erst mal eine Kopie der Telefonanmeldung in Denpasar. Damit stellt er Parker als Lügner hin und dessen Karriere ist im Eimer. Dann ist der angeschossen, außerdem geben wir ihm einen Videoclip mit einer 60 Sekunden Fassung von Parkers Aktivitäten in Bezug auf Flug 327. Sollte zur Verhaftung reichen. Beweise kommen später per Post."

„Eines haben wir nicht geklärt," sagte Conrad,

„und werden es auch nie klären können. In wie weit war das Militär, insbesondere die US-Air-Force an dieser Sache beteiligt? Malcolm hat gesagt, Don hätte seine Befürchtungen einer Radarüberwachung mit der Bemerkung, das ist alles geklärt oder wird noch geklärt, weggewischt. Entweder wird also dort etwas verschwiegen, oder man hat gerade zur richtigen Zeit gefrühstückt, oder es war ein Stromausfall. Oder was weiß ich. Wir werden es nicht rauskriegen. Und wenn es so ist, braucht Parker nicht zu befürchten, dass man

151

ihn auf den Elektrischen Stuhl setzt. Man wird ihn zu schützen wissen."

„Ich fürchte Du hast Recht," antwortete ich.

„Hoffen wir, dass unser Bankmann den Geldfluss bis dahin aufklären kann. Die Auskunft brauchen wir unbedingt um auch dem Herrn van Holberg ans Bein pinkeln zu können."

Der Mann lieferte. Er war zwar teuer aber er war sein Geld wert. Van Holberg hatte 10,5 Millionen Dollar an die Im-Ex-Firma in Singapur transferiert. Zwar über eine Bank auf den Bahamas, aber egal. 6 Millionen Dollar waren am 14. Juni auf das neue Konto von Malcolm gegangen, 4 Mios auf ein Konto auf Samoa. Der Name des Kontoinhabers war uns unbekannt. Vermutlich der neue Name von Fred Subido. Diese Summe wurde am 16. Juni umgebucht auf das Konto von Mortimer in Denpasar, denn Subido war tot. Die 500.000 wurden bar abgehoben in Singapur. Wir bekamen als Nachweis Ausdrucke der jeweiligen Kontobewegungen. Und noch eines hat der Informant herausgefunden, am 12. Juni wurde in einer Bank in Denpasar ein Konto auf den Namen Christian Walker eröffnet. Zur Kontoeröffnung braucht man, auch in Indonesien, einen Ausweis. Eine Fotokopie des vorgezeigten Passes lag bei. Das Foto zeigte Malcolm Stanley Mortimer, alias Christian Walker.

„Wie kommt der Typ an solche Informationen"? fragte ich erstaunt Conrad.

„Keine Ahnung. Der hat sicher einige Hintermänner die ihm die Unterlagen besorgen. Die muss er natürlich auch schmieren. Deshalb braucht er so viel Kohle. Leben will man schließlich auch noch anständig. Ich kenne ihn auch nicht persönlich. Würde ihn aber gerne kennenlernen."

„Und der Pass? Zu dem Zeitpunkt war Christian Walker doch noch gar nicht existent."

„Leute die die neuen Dokumente besorgt haben, haben eben ganz einfach zwei Pässe gemacht. Wer weiß wozu man sie noch mal gebrauchen kann. Sicher ist sicher. Außerdem, man könnte den Pass auch ganz schnell auf das Bergungsschiff geschafft haben."

Ich saß still und schaute an die Decke, dann sagte ich leise:

„Conrad, ich glaube wir haben es. Wir haben alle Fakten zusammen. Wir können loslegen".

„Können wir, Gratulation. Deine Story wird der Knüller des Jahres, ich weiß es. Jetzt müssen wir nur noch die Pressekonferenz sorgfältig vorbereiten. Komm, lass uns gemeinsam zu Walter Steinbach gehen und berichten. Er hat uns so lange unterstützt, er muss es als Erster erfahren."

Walter Steinbach sah sich veranlasst, für uns eine Flasche Champagner aufzumachen.

„Mache ich nicht sehr oft," sagte er dabei,

„aber jetzt denke ich, haben wir wirklich was zu feiern. Ihr habt einen tollen Job gemacht. Ich sehe schon die Schlagzeilen:

>*US-Colonel noch während der Ausschusssitzung wegen des Verdacht auf Massenmord verhaftet. Deutsche Journalisten klären auf. Lesen Sie die unglaubliche Geschichte in der neuesten Ausgabe der DAS.* <

Wie fühlen Sie sich dabei, Joachim? Ach lassen wir die Förmlichkeiten. Wir sind Kollegen, ich heiße Walter. Ich meine jetzt, wo Du und Conrad die Sache reif zur Veröffentlichung gebracht habt? Stolz?"

„Ja und nein. Klar ist es toll, dass wir es geschafft haben, aber eine Story hinter der 165 tote Menschen stecken, macht nicht so richtig froh."

„Kann ich verstehen. Aber es dürfte doch im Sinne von Malcolm sein. Er wollte, dass die Welt die Wahrheit erfährt. Genau das machen wir jetzt. Eine Frage habe ich aber noch. Weißt Du, wo genau wo das Wrack liegt?"

„Nein, Malcolm hat es nicht mehr geschafft, mir die Koordinaten zu nennen. Er hatte sie bestimmt noch im Kopf. So etwas löscht das Gehirn nie mehr. Aber leider hat er das Geheimnis mit ins Grab, nein mit in seinen Rauch, oder wie soll ich es nennen, genommen. Vielleicht kann man es rekonstruieren anhand der Handshakes der Motoren. Sie sind immer zehn Minuten vor deren Sendetermin um neunzig Grad nach rechts abgebogen und dann wieder auf den Generalkurs zurück gekehrt. Ich denke, ein Fachmann kann

154

damit was anfangen."

„Gut, später. Dann haben wir noch Futter für weitere Ausgaben. Conrad sagte mir, ihr hättet überlegt, Malcolms Frau vor der Veröffentlichung zu unterrichten? Ich denke, das sollten wir. Wann fliegst Du, Joachim?"

14

„Ihr habt doch sicher die alten Ausgaben der DAS, die über das Flugzeugunglück berichtet haben," sagte ich zu Conrad.

„Na klar, geh ins Archiv, da wird Dir Friedhelm die richtigen raussuchen. Der hat alles im Kopf, braucht überhaupt kein Archiv."

Friedhelm nickte nur und kam Minuten später mit drei Exemplaren zurück.

„Liegen hier seit über fünf Jahren rum und plötzlich sind sie begehrt."

Damit schob er sie mir über den Tresen.

Ich war elektrisiert.

„Wer hat die denn noch sehen wollen?"

„Na vor einigen Tagen kam eine Mitarbeiterin und hat sie durchgeblättert."

„Wissen Sie, wer das war?"

„Klar, bei mir herrscht Ordnung."

Er tippte in seinen PC und sagte dann:

„Das war Denise Winkler. Die arbeitet doch eigentlich in der Kultur. Na, mir egal."

Mir war es nicht egal. Was wollte Denise mit diesen Exemplaren, was wollte sie nachschlagen, wieso wusste sie überhaupt, dass dieses im Augenblick Thema war? Ich sprach Conrad darauf an.

„Von mir hat sie es nicht." antwortete er etwas erstaunt.

„Von mir auch nicht," sagte ich.

„Sie hat einmal gefragt, was wir im Augenblick gerade tun. Da hab ich gesagt, dass wäre alles sehr vertraulich, darüber dürfte ich auch ihr keine Auskunft geben. Wenn wir demnächst unsere Pressekonferenz geben, würden wir die Katze, nein ich habe gesagt, den Tiger aus dem Sack lassen. Damit war sie zufrieden. Außerdem weiß sie, dass wir in Schottland waren, um einen Beteiligten zu interviewen und ich hab wohl mal erwähnt, dass ich kürzlich auf Bali war. Daraus kann man wohl kaum Rückschlüsse auf unser Projekt schließen."

„Nee, da muss sie andere Informanten haben. Nur wer? Mal ganz scharf nachdenken. Wer weiß von unsren Projekt? Wir beide, Walter und weiter?"

„Nun Walter können wir sicher nicht verdächtigen. Der denkt an seine Auflagen und deshalb wird er dicht halten. Irgendwelche Hilfskräfte? Sekretärinnen oder Schreibkräfte?"

„Ich schreib alles selbst und nur in meinen PC."

„Ich mache es genau so."

„Zwar fies gedacht, aber kann Denise an Deinen Laptop ran?"

„Ist gesichert."

Beide sannen wir schweigend nach. Man konnte unsere Hirncomputer fast arbeiten hören. Plötzlich machte es bei mir klick.

„Conrad, es gibt noch jemanden, der uns mit Flug 327 in Verbindung bringt, der sogar weiß, dass wir beide daran arbeiten. Der Chef vom Dienst damals, als ich zum ersten Mal hier anrief."

„Claus Petersen?"

„Ich hab ihm gesagt er solle seinem Chef mal das Stichwort Yellowbird 327 sagen."

„Klar, der muss es ihr gesagt haben. Soweit ich weiß, hat er kürzlich eine Kündigung erhalten. Man war mit seiner Arbeit nicht sonderlich zufrieden. Deshalb ist er jetzt auf der Suche nach einem neuen Job. Das heiß auch, auf seine Loyalität dem Verlag gegenüber dürfen wir nicht mehr zählen. Nur weshalb erzählt Claus Petersen Denise Winkler davon? Was ist seine Absicht und wie passen die Dinge da zusammen?"

„Vielleicht will er Punkte sammeln bei neuen Arbeitgebern? Und Denise kann er zufällig im Haus getroffen haben. Schließlich arbeiten beide hier."

Ich war geschockt. Mit Denise verstand ich mich mittlerweile sehr gut. An so was hatte ich nie gedacht.

„Dann müssen wir sie ganz einfach darauf ansprechen." sagte Conrad.

„Und wenn sie alles abstreitet? Kürzlich gab einige

Meldungen in den Medien über das Flugzeugmysterium, da es jetzt sechs Jahre her ist. Könnte sie veranlasst haben mehr zu erfahren. Wäre nachvollziehbar."

„Nee, so kommen wir nicht weiter. Dann bleibt nur eine Möglichkeit, wir müssen ihr eine Falle stellen. Tut mir wirklich leid für Dich, aber unsere Sache geht vor. Wir sind jetzt fast fertig, da möchte ich kein Risiko mehr eingehen. Und wenn sie unschuldig ist, dann ist ja gut, dann wird sie auch nichts erfahren. Was meinst Du, was ich in diesen Dingen schon alles erlebt habe. Und so gut kennst Du Denise nun auch noch nicht."

„Schon gut, Du hast recht. Lass uns überlegen, wie wir es anstellen."

Wir gingen wieder unsrer eigentlichen Arbeit nach. Ich blätterte die alten Exemplare durch, wollte gewappnet sein, falls in der Pressekonferenz dazu Fragen gestellt wurde. Dann blickte Conrad plötzlich auf.

„Ich hab da eine Idee. Wir präparieren Deinen Laptop und Du provozierst, dass sie versucht, an die Dateien zu kommen."

„Wenn sie ihn öffnet kann sie alle Dateien lesen."

„Nein, wir machen das so. Du kreierst einen Generalordner, der wird verschlüsselt und dahinter verstecken sich alle anderen Ordner. Können wir später schnell wieder ändern. Außerdem kreieren wir einen Ordner mit dem Titel Flug 327. Hinter dem steckt aber nichts, außer dass er nach einem Passwort fragt. Der Laptop bekommt kein Codewort. Das wirst Du so gelegentlich mal erwähnen. Und dann programmieren wir die Kamera so, dass sie sofort startet, wenn jemand den Deckel öffnet. Das können wir ihr dann später vorspielen und nach dem Warum fragen. Leugnen hilft dann nicht mehr."

„Mir unangenehm, aber ok."

Da Conrad der versiertere Laptopnutzer von uns war, erledigte er es. Am nächsten Abend, nach einem gemeinsamen Abendessen bei mir, sagte ich, „ich muss noch mal kurz was in meinem PC notieren. Geht mir den ganzen Tag schon im Kopf herum. Und wer weiß ob ich mich morgen noch daran erinnern kann. Dauert nur ein paar Minuten."

Ich klappte den Laptop auf und begann gleich zuschreiben.

„Schützt Du das Ding nicht mit einem Passwort?" fragte Denise.

„Nee, ist mir zu umständlich. Wer soll da schon reinschauen, hab ich doch immer bei mir."

In der Nacht merkte ich, dass Denise aufstand. Dann hörte ich die Wasserspülung im Bad und war beruhigt. Sie kam aber nicht gleich zurück. Also doch? Ich ließ mir nichts anmerken.

Wir fuhren gemeinsam in die Redaktion. Dort stellte ich meinen Laptop vor Conrad auf den Tisch.

„Mach Du es, ich traue mich nicht."

Conrad drückte auf Kamera und wer erschien auf dem Bildschirm? Meine Denise. Sie versuchte anscheinend verzweifelt in die Dateien zu kommen, natürlich ohne Erfolg.

„Dann ist wohl alles klar," sagte Conrad.

„Soll ich das Gerät gleich wieder umbauen?"

„Nein, warte noch. Ich möchte, dass wir beide es ihr heute Abend präsentieren. Da kann sie mich nicht mit ihrem weiblichem Charme ablenken."

„Ok, ich komm heute Abend zu Dir."

Ich rief Denise an:

„Heute Abend bei mir?"

„Gerne, aber ich komme nach, muss noch was besorgen."

Als Denise nach der üblichen Begrüßung ins Wohnzimmer kam, war Conrad schon da.

„Ach, Conrad ist auch da."

„Ja. Wir wollen nur kurz was mit Dir besprechen," sagte er. Denise zuckte zurück, ahnte anscheinend, dass da etwas Unerfreuliches auf sie wartete.

Dann schob er ihr meinen Laptop hin und drückte auf die Abspieltaste. Denise erschrak, als sie sich selbst erkannte.

„Was wolltest Du auf Joachims Laptop suchen?" fragte er und sah ihr dabei ins Gesicht. Ich hielt mich im Hintergrund. Denise öffnete den Mund und schloss ihn dann wieder. Schwieg.

„Etwa nach Informationen über Flug 327 suchen?"

Denise sagte immer noch nichts.

„Wer hat Dir davon erzählt? Wer möchte darüber Informationen? Gut, dann muss ich Dich vielleicht etwas aufklären. Du hast hier mit dem Verlag einen Vertrag geschlossen. In dem steht, dass Du keinerlei Informationen weitergeben darfst. Wenn doch, kann man Dich haftbar machen. In diesem Fall wirst Du nie so viel Geld verdienen, dass Du die Strafe jemals bezahlen kannst. Da kannst Du nur einen Kredit aufnehmen und Lotto spielen, Vielleicht hast Du ja Glück. Aber im Ernst, wer will diese Informatinen haben, wer hat Dir von Flug 327

Denise schwieg weiter.

„Ok, wir wissen ohnehin, dass nur einer in Frage kommt. Wie sind Deine Beziehungen zu Claus Petersen? Gibt es da vielleicht intime Beziehungen?"

Ich verzog mich noch weiter in den Hintergrund.

„Ja,"sagte sie dann zögernd,

„er hat mir kürzlich beim Essen in der Kantine erzählt, dass ihr an einem Projekt Flug 327 arbeitet. Jeder hier im Haus weiß ja, dass Joachim und ich zusammen sind. Da hat er gefragt ob ich mehr darüber wüsste. Wusste ich aber nicht. Ob ich nicht etwas mehr herausfinden könnte? Es würde ihm bei seiner Jobsuche helfen. Dann erinnerte er mich daran, dass er mir auch mal aus der Patsche geholfen hatte."

„Was war das?"

„Ich hatte da finanzielle Probleme und da hat er mir sehr geholfen."

„So ganz uneigennützig?"

„Nun ja, nicht so ganz, sagen wir mal, wir waren in der Zeit zusammen."

Ich verzog mich noch weiter in den Hintergrund, bis die Wand mich stoppte.

„War wohl ziemlich dumm von mir," sagte Denise.

„Dumm ist gar kein Ausdruck," fauchte Conrad.

„Also dusseliger geht es wirklich nicht mehr. Über irgend welche Folgen hast Du nicht nachgedacht, oder? Und dann noch Deinen Freund, vielleicht sogar zukünftigen Lebenspartner betrügen? Klar ist das Betrug. Ja, was machen wir jetzt?"

Dabei schaute er mich an, erhielt aber auch keine Antwort.

„Wenn wir es melden, ist sie nicht nur ihren Job los, sondern hat auch ein Verfahren am Hals. Da ist unser Verlag nicht zimperlich."

„Ich könnte mir vorstellen,"sagte ich ganz vorsichtig, „dass das für Denise ein einmalige Vorfall ist. Wenn sie hier weiterhin Karriere machen will, und ich weiß, dass dies ihr größter Wunsch ist, wird ihr das eine Lehre sein. Ich schlage vor, sie verspricht uns hier, vor uns beiden, dass so etwas nie wieder passiert. Und wir vergessen die ganze Sache."

„Ok Joachim, es ist Deine Story, Du entscheidest letztlich."

Der Abend war natürlich gelaufen. Denise nahm ihre Jacke und ihre Tasche und war schnell verschwunden. Auch Conrad hatte keinen Appetit auf mein Essen. Bevor er ging, sagte er noch:

„Diesmal muss er dran glauben. Er ist schon längst fällig. Ich denk mir da mal was aus."

162

Als ich erstaunt aufschaute, ergänzte er:

„Wir sind mit unseren Recherchen ohnehin am Ende. Sonst hätte ich es nicht durchgehen lassen. Auch nicht gegenüber meinem Freund Joachim."

Schon war er draußen. So saß ich schließlich alleine da, stocherte in meinem Auflauf und leerte statt dessen noch eine weiter Flasche Rotwein.

Am nächsten Morgen sagte Conrad zu mir:

„Ich hab mir da was ausgedacht. Da kann Denise auch gleich beweisen, dass sie es jetzt ehrlich meint. Sie wird dem Claus Petersen getürkte Informationen geben. Informationen, mit denen er sich bodenlos blamiert. Ich habe hier einen Aktenvermerk gemacht über ein Gespräch mit Ibrahim B. Der war Passagier im Flug 327. Diesen Aktenvermerk schieben wir auf Deinen Laptop und dort wird Denise ihn sehen. Dann kopiert sie ihn auf einen Stick, oder besser sie fotografiert ihn mit ihrem Handy, ist unauffälliger, und gibt ihn anschließend Claus Petersen. Auf diesem Aktenvermerk ist eine E-Mail-Adresse. Die wird er natürlich sofort kontaktieren. Das ist aber eine von mir. Hab ich gerade kreiert. Dann können wir uns was Neues ausdenken, wenn er sich meldet."

„Was schreibst Du, beziehungsweise ich denn?"

„Ich lese es Dir mal vor.

Aktenvermerk:

Ich traf heute Ibrahim B und er erzählte mir eine unglaubliche Geschichte. Er wäre Passagier des Fluges

327 gewesen. Das Flugzeug wäre entführt worden und wäre auf einem Militärflugplatz in Pakistan gelandet. Alle Passagiere lebten. Sie würden gut versorgt, so gut wie es nach Landessitte üblich und möglich ist. Allerdings hätte der lange Aufenthalt im Lager ihnen ziemliche Probleme bereitet. Ihm wäre die Flucht geglückt. Die Entführer nähmen, an er wäre tot. Die Passagiere wären Geiseln und sollten im Austausch gegen alle Guantanamohäftlinge frei gelassen werden. Außerdem verlange man eine Entschuldigung und angemessene Entschädigung für alle Inhaftierten. Die Amerikaner hätten bisher immer abgelehnt und in der Öffentlichkeit das Flugzeug als verschollen bezeichnet. Er, Ibrahim hätte sich bisher noch niemandem anvertraut, da er nicht wusste, wem er vertrauen könnte. Deshalb hat er mich gebeten ihm zu helfen. Er hat mir auch die Koordinaten genannt, von dem Ort, an dem das Flugzeug versteckt ist. Als Kontakt hat er mir seine E-Mail-Adresse gegeben. Ibrahim@b.com. Was sagst Du dazu?"

„Starker Toback."

„Soll es auch sein. Ich bin mir ziemlich sicher, welche Redaktionen er anrufen wird, um seine Geschichte zu verkaufen. Die werde ich aber vorher informieren. Das sind gute Kollegen, die solche Mätzchen genauso ablehnen wie ich."

„Was machst Du wenn er sich per Mail meldet?"

„Ja, ich hab schon mal gedacht, ich verspreche ihm heiße Informationen gegen ein nettes Entgelt. Das soll

164

ihn ruhig was kosten. Können wir ja später spenden, wir als gute Menschen. Was hältst Du davon?"

„Und wo sind die Koordinaten? „

„Die geben wir ihm per Mail. Nach der Bezahlung. Hab mir auch schon welche ausgedacht. 27°59,17''N / 86°55,30'' S. Weißt Du wo das ist? Das ist der Gipfel des Mt.Everest."

„Und Du meinst, er merkt das nicht?"

„Nein, der ist so gierig, der merkt es mit Sicherheit nicht."

„Soll er überweisen oder so bei Nacht und Nebel an einer einsamen Stelle in bar`?"

„Schon mal was von Bitcoin gehört? Da geht das ganz bequem online und anonym."

„Na gut, meinetwegen. Rufst Du Denise an? Ich trau mich nicht."

„Ok, mach ich gleich. Ihre Nummer?"

Denise war einverstanden. Klang sogar ganz froh, weil sie hoffte, etwas in Sachen Wiedergutmachung tun zu können. Mal sehen, was draus wird.

15

Drei Tage später landete ich in Singapur. Die Adressen von Malcolms beiden Söhnen raus zu finden war nicht all zu schwer. Von seiner Frau fanden wir allerdings keine Spur. Gut, Frauen ändern ihre Nachnamen häufiger als Männer, und ob sie überhaupt in Singapur wohnte, wusste ich auch nicht. Von seinen Söhnen hatte Malcolm gesprochen, auch dass sie sehr gute Jobs hätten. Er hätte von Zeit zu Zeit mal im Internet geblättert. Ob Don dafür gesorgt hätte? Er wusste es natürlich nicht. Es gab einen Bert W. Mortimer und einen Malcolm A. Mortimer. Das war vermutlich der Ältere. So handhabt man es jedenfalls gerne in den USA. Ich rief ihn von Deutschland aus an. Wie sollte ich es am Besten anfangen, ihn zu überzeugen sich mit mir zu treffen? Ich überlegte lange und beschloss, dann, keine Tricks.

„Hallo, Mortimer, was kann ich für Sie tun?"

„Guten Tag, mein Name ist Christiansen, ich bin Journalist aus Deutschland und hätte Sie gerne gesprochen."

„Ok, um was geht es?"

„Es geht um den Flug 237."

„Kein Interesse. Das Thema ist kalter Kaffee, längst abgehakt."

„Ich habe mich intensiv mit dem Thema befasst und habe Erkenntnisse, die Sie noch nicht kennen und die Sie mit Sicherheit überraschen werden."

„Hab ich schon so oft gehört. Wie schon gesagt, das Thema ist tot, so tot wie die Insassen des Flugzeuges."

„Wenn ich Ihnen sage, dass ich ein Interview mit Ihrem Vater gemacht habe, dann würden Sie mich einen

166

Lügner nennen."

„Ich würde fragen, wie alt das Interview ist."

„Etwa zwei Monate."

„Sie verarschen mich. Mein Vater ist seit sechs Jahren tot."

„Nein, das dachten zwar alle, aber er war es nicht. Ich mache Ihnen einen Vorschlag, ich spiele ihnen einen Satz aus dem Interview vor und Sie sagen mir dann, ob Sie Interesse haben, mit mir zu reden, oder Sie legen einfach auf."

Hoch gepokert, aber bisher hatte ich mit dem Video immer Erfolg, immer. Ich drückte auf den Button und Malcolms Stimme lief ab. Schweigen am anderen Ende, aber das befürchtete Klicken blieb aus.

„Erkennen Sie die Stimme?"

„Es könnte die Stimme meines Vater sein, könnte."

„Sie ist es, ganz sicher. Ich habe über vier Stunden Gespräche mit ihm aufgezeichnet."

„Mein Vater lebt also?"

„Leider nein, er ist kurz nach diesem Interview gestorben, er war sehr krank und er wollte, dass ich seine Geschichte aufschreibe und der Weltöffentlichkeit davon berichte. Sein Vermächtnis, so zu sagen. Wir werden es in der nächsten Woche veröffentlichen. Es wird eine Sensation werden, da außer uns niemand die Wahrheit kennt. Nun, immer noch kein Interesse?"

„Sie sind jetzt in Deutschland?"

„Ja, aber ich bin bereit, Sie morgen aufzusuchen. Wir,

die Redaktion einer Illustrierten und ich, sind der Meinung, es wäre nur fair, wenn wir Sie und insbesondere auch Ihre Mutter vorab informieren."

„Gut, ich werde es besprechen und melde mich in Kürze zurück."

Er war einverstanden. Ja, seine Mutter würde auch in Singapur leben und sie würde auch dabei sein. Walters Sekretärin buchte einen Flug für mich für heute Abend noch. Da alle Economyplätze ausgebucht waren, bekam ich Business. Ich hatte nichts dagegen. Die Strecke nach Süd-Ost-Asien bin ich unzählige Male geflogen, aber so bequem wie diesmal noch nie. Der Service bei SingapurAir in dieser Klasse ist nicht nur in der Werbung legendär, er ist es tatsächlich. Frisch und ausgeruht landete ich am nächsten Tag auf dem Singapore Changi Airport. Von meinem Hotel aus rief ich Malcolm jun. an. Er wollte mich in einer Stunde dort abholen.

Malcolm junior sah seinen Vater zum Verwechseln ähnlich.

„Wir fahren in das Haus meiner Mutter, ist es Ihnen recht?"

Nach vielleicht einer halben Stunde bogen wir in eine Villenstraße ein. Bert Mortimer begrüßte mich kühl am Eingang und fühlte mich ins Haus. Auf der Terrasse dort saß eine ältere elegante Dame auf einem Sofa. Trotz ihres Alters noch eine Schönheit. Auch sie sah mich etwas reserviert an.

168

„Kathy-Ann Mortimer," sagte sie und reichte mir die Hand. Sie bringen Nachrichten von meinem Mann?"

„Nein, nicht direkt. Aber ich kann Ihnen sehr viel über ihn erzählen, etwas was sie bisher noch nicht wussten. Ich kann verstehen, dass sie alle etwas skeptisch sind, aber was ich Ihnen berichten werde sind Tatsachen."

Man bot mir einen Platz an und ich stellte, wie schon so häufig meinen Laptop auf den Tisch zeigte ihnen das Eingangsvideo. Man merkt allen dreien an, dass es sie berührte.

„Das gesamte Video ist etwa vier Stunden lang. Leider konnten wir unser Gespräch nicht zu Ende bringen, da Malcolm kurz danach starb."

„Da sind Sie sicher?"

„Sein Arzt hat mich aufgesucht und es mir berichtet. Ich habe keine Veranlassung, an seinen Worten zu zweifeln. Das ist jetzt etwa zwei Monate her. Ich hatte geschäftlich auf Bali zu tun, als Malcolm mich ansprach. Er suchte einen Journalisten, um ihm seine Lebensgeschichte zu erzählen, da er, wie er mir sagte, nur noch 4-5 Wochen zu leben hätte. Er hat also mich angesprochen und nicht ich ihn. Ich sage das nur, damit Sie nicht denken ich wäre ein Sensationsjäger. Nun, ich sollte Ihnen die Geschichte von Anfang an erzählen."

„Sind Sie nur deshalb von Deutschland aus zu uns gekommen?"

„Wenn ich von Ihnen noch ein Interview bekomme,

würde ich mich freuen. Wenn Sie das nicht möchten, ist es auch in Ordnung."

Bert mischte sich ein:

„Ich denke, das werden wir entscheiden, wenn wir die ganze Geschichte kennen."

„Eine Bitte habe ich allerdings noch, erzählen Sie niemandem sofort das, was ich jetzt berichte. Warten Sie, bis Sie am Montag oder Dienstag davon in den News hören. Danach steht es Ihnen frei, davon zu erzählen, an wen immer Sie wollen."

Ich erzählte dann in Kurzversion was Malcolm mir berichtet hatte, bevor ich auf die Ergebnisse zu sprechen kommen wollte, die wir ermittelt hatten. Zwischendurch erschien ein junges Mädchen und servierte uns eiskalte Limonade.

„Meine Tochter Lizz," sagte Bert."

„also Malcolms Enkelin. Sie und wir alle verdanken also Malcolms Handeln unser Leben?"

„Sie können es so sehen, Sie sollten es so sehen. Er wurde erpresst so zu handeln, wie er es letztlich auch gemacht hat. Er wusste genau, dass er damit sein eigenes Leben zerstört, aber Ihr Leben rettet. Er hatte keine Chance."

„Warum, warum mussten so viele Leute sterben? Dafür gibt es doch sicher einen Grund. So viele Leute zu opfern? Wie viele waren es?"

„Zusammen mit Malcolm 165."

Ihre Skepsis war mittlerweile verflogen. Sie hörten mir stumm zu, wollten endlich wissen, wer ihren

Mann, ihren Vater auf dem Gewissen hatte. Ich erzählte von der GSE, von Glasnost, von Baron van Holberg, von Colonel Parker und auch von Green Valley.

„Aber die müssen doch zur Verantwortung gezogen werden," sagte Mrs. Mortimer,

„müssen vor Gericht und verurteilt werden. Ihre Beweise müssten doch ausreichen."

„Das ist nicht so einfach," kam es von Malcolm junior.

„Das sind alles einflussreiche Leute, da kannst Du nicht so einfach zur Polizei gehen und sie anzeigen. Dann werden sie alle Anwälte dieser Welt auf Dich hetzen. Wenn Du Glück hast. Vermutlich werden sie Dich auch ohne Anwälte zum Schweigen bringen."

„Ja, so ist es leider," sagte ich.

„Deshalb werden wir, das ist die Zeitschrift und der Verlag, mit dem ich in dieser Angelegenheit zusammen arbeite, in zwei Tagen eine Pressekonferenz abhalten und allen Medien weltweit die Wahrheit über Flug 327 darlegen. Es wird eine Sensation werden. Dahinter können sich auch diese Leute dann nicht mehr verstecken. Ob man sie vor Gericht stellt, ist eine andere Frage, die können wir wenig beeinflussen, aber wir können die Leute gesellschaftlich und moralisch erledigen."

Man schwieg.

Dann sagte Kathy-Ann Mortimer:

„Entschuldigen Sie, das wir so abweisend empfangen haben. Das ist sonst nicht unsere Art, aber wir haben

171

in dieser Sache so viel erlebt, Sie können es sich nicht vorstellen. Viele meinten zu wissen, dass das Flugzeug irgendwo gelandet sei und die Passagiere noch lebten. Andere gaben sich als Wahrsager aus, die genau wussten, wo das Wrack des Flugzeug zu finden sein. Auch Geldforderungen wurden genannt für interessante Auskünfte."

„Was ist mit seinem Nachlass?" fragte William.

„Wer kümmert sich darum?"

„Sein Arzt Dr. Sukandan hat das übernommen. Er wollte alles einem Hospiz für krebskranke Waisenkinder überschreiben, einem Haus in dem man sich bemüht denen die letzte Zeit auf Erden so angenehm wie möglich zu machen. Das dürfte in Malcolms Sinne sein. Wenn Sie daran denken, das zu übernehmen, es wäre schwierig. Malcolm Stanley Mortimer gibt es offiziell nicht mehr, er wurde für tot erklärt. Mit Christian Walker haben Sie keinerlei familiäre Beziehungen. Sie sollten es so lassen, wie es ist, und wenn Sie an persönliche Erinnerungsstücke denken, er hatte keine. Aber Sie haben sicherlich seinen Nachlass hier in Singapur aufgelöst."

Alle drei nickten und Kathy-Ann sagte:

„Das ist so schon die beste Lösung. Auf jeden Fall wird Malcolm jetzt rehabilitiert. Nur das ist wichtig. Sie sagten, Sie hätten ein Interview von über vier Stunden mit ihm gemacht. Könnten Sie uns davon eine Kopie schicken?"

„Gerne, aber das wird noch etwas dauern, da wir erst

die Reaktionen auf unser Veröffentlichung abwarten wollen. Ich werde daran denken. Übrigens hat mir Malcolm die alleinigen Rechte an seiner Geschichte übertragen. Etwaige Klagen von Personen die sich angegriffen fühlen, können somit nur gegen mich oder gegen den Verlag gerichtet werden. Sie sind davon nicht betroffen".

Kathy-Ann stand auf,

„lassen Sie uns etwas in den Garten gehen," sagte sie zu mir. Wir gingen einige Schritte in dem kleinen, von Hochhäusern überragten Garten.

„Hat Malcolm auch von mir gesprochen?"
sagte sie plötzlich und schaute mich an.

„Nein, er hat sich ganz ausdrücklich auf die Zeit konzentriert, die begann, als die FBI-Leute vor seiner Tür standen. Alles andere wäre zu privat, sagte er dazu. Ich denke allerdings, wenn wir uns länger gekannt hätten, dann hätte er auch davon erzählt. Es lag ihm auf der Seele, das konnte ich deutlich sehen. Aber leider kam es nicht mehr dazu."

„Es muss schrecklich für ihn gewesen sein.

„Ja, mit Sicherheit, aber was sollte er machen? Er hätte sich weigern können, aber da hatten die Herren schon angedeutet, dass sie nicht nur ihn sondern auch seine gesamte Familie liquidieren würden. Dass sie es ernst meinten, daran war wohl nicht zu zweifeln. Er hätte Selbstmord begehen können, aber das Ergebnis wäre das Gleiche gewesen. Er hatte sogar überlegt, ob es sinnvoller wäre, das Leben der vielleicht 200 Passagiere gegen sein Leben und das seiner Familie einzutauschen. Nur, es hätte nichts gebracht. Die Auftraggeber hätten dann ihren Plan mit anderen Piloten ausgeführt. So oder so. Er hätte Sie umsonst geopfert. Als er beschloss, den Auftrag so auszuführen, wie man es von ihm verlangte, hat er sein eigenes Leben quasi aufgegeben. Alles, was ihm lieb und teuer war, war mit einem Schlag weg. Er lebte zwar noch, aber wie. Das Schuldgefühl, das Leben von so vielen Menschen ausgelöscht zu haben, wird ihn nie verlassen haben."

„Ich mache mir natürlich auch Vorwürfe. Wir lebten seit einigen Jahren getrennt. War es meine Schuld war es seine? Vielleicht hätte ich mich doch mehr um ihn kümmern müssen. Als Frau eines Piloten denkt man schon mal drüber nach, dass plötzlich zwei Männer vor meiner Tür stehen um mir mitfühlend zu erzählen, dass mein Mann mit seinem Flugzeug abgestürzt ist. Im Film sind es immer Männer, die dann kommen, keine Frauen. Warum? Obwohl mir Malcolm immer sagte, ein Taxifahrer lebt gefährlicher als der Pilot eines Verkehrsflugzeugs. Dann, als wir getrennt lebten, dachte ich, so etwas würde mir nun nichts mehr ausmachen. Das war ein Irrtum. Die Nachricht von dem Unfall ist mir sehr nahe gegangen. Dass er es nicht überlebt hatte, war mir sofort klar. Aber plötzlich war eine Leere in mir. Ein Teil meines Lebens fehlte. Wir lebten zwar getrennt, aber er war immer noch da und ich konnte ihn jederzeit anrufen. Vielleicht war auch noch die Hoffnung in mir, dass wir wieder zusammenfinden würden. Zum Beispiel wenn er in den Ruhestand gegangen wäre? Ich weiß es nicht. Es spielt jetzt auch keine Rolle mehr. Auf jeden Fall danke ich Ihnen, dass sie gekommen sind."

Ich wurde sehr freundlich verabschiedet. Am nächsten Morgen war ich wieder in Deutschland.

Als ich Conrad traf, fragte ich natürlich sofort nach dem Erfolg unserer Petersen Aktion.
„Der hat den Braten gerochen," sagte er.
„Hat um seine sofortige Kündigung gebeten. Insofern doch ein Erfolg.
„Dann müssen wir nur sehen, wie wir das Flugzeug wieder vom Everest herunter bekommen.. Oder?"

16

Wir hatten in den Sitzungsraum geladen. Im Nachbarraum lagen die ersten 100 Exemplare meines Buches. Für die Pressevertreter hatte ich ein kurzes Skript mit den wesentlichen Daten vorbereitet. Das sollten sie aber erst nach der Konferenz erhalten, ebenso wie ein Exemplar meines Buches. Wir wollten es ihnen kostenlos überlassen und eine Sammelbüchse daneben stellen mit der Aufschrift: Für notleidende Journalisten. War meine Idee und Conrad stimmte begeistert zu.

„Da kann das ZDF oder die ARD ruhig mal ein paar größere Scheine hineinschieben. Wir nehmen auch Kreditkarten."

Mein Buch war rechtzeitig fertig geworden. Hundert Exemplare lagen ja schon im Nebenraum, Zwanzigtausend sollten noch in der Nacht an Buchhandlungen ausgeliefert werden.

„Du brauchst jemanden der Deine nächsten Termine managed", sagte Conrad,

„es wird da einiges auf Dich zu kommen, Interviews, Talkshows, Signierstunden usw., nicht nur hier in Deutschland, sondern vermutlich auch in den USA. Wenn der Coup mit Parker klappt, dann mit Sicherheit auch dort. Wen nehmen wir da? Vielleicht kann die Sekretärin von Walter das mit übernehmen, ich werde mal fragen. Die ist jedenfalls fit in solchen Sachen. Außerdem müssen wir Dich etwas aufhübschen."

„Muss das sein?"

„Muss. Wir haben hier eine Stylistin, die wird das schon machen."

Das Timing war das eigentliche Problem, insbesondere die Zeitverschiebung von sechs Stunden   Wir wussten, dass die Sitzung in Washington für 09:00 LT angesetzt war. Waren wir zu früh, könnte Parker unter Umständen gewarnt werden. Zwar unwahrscheinlich, aber möglich. Waren wir zu spät mit unseren Nachrichten, wäre die Luft raus, zumindest etwas. Wir einigten uns auf 15:00 Uhr. Und, wir sollten uns Zeit lassen. Dann hätten wir eine Chance, die erwartete Meldung noch präsentieren zu können. Unser Mann in Washington hatte sich als Journalist für die Sitzung akkreditieren lassen. Er würde sofort Conrad anrufen.

Die Einladungen zur Pressekonferenz waren verschickt, alle Nachrichtenagenturen waren informiert, die TV-Anstalten noch gesondert. Thema:

Die Wahrheit über den Flug 327.

Das sollte reichen, um Interesse zu erwecken. Mit Conrad zusammen verfasste ich ein Manuskript über dass, was ich vortragen wollte. Nicht zu ausführlich, Details konnte man in meinem Buch nachlesen, aber die wesentlichsten Punkte wollte ich präsentieren. Und etwas Dramatik könnte nicht schaden. Beginnen wollte ich mit dem Video, in dem Malcolm sich vorstellt. Während wir noch darüber sprachen klingelte sein Handy. Er sagt Hallo, schaute zu mir rüber und legte den Finger auf den Mund bevor er auf Lautsprecher schaltete.

„Hallo Dieter, wird das ZDF morgen auch da sein?

Ich denke, wir sehen uns."

„Klar sind wir da, Conrad. Hast Du vielleicht für uns ein paar Vorabinformationen, so von Kollege zu Kollege?"

„Nee Dieter, diesmal nicht. Alles noch streng geheim. Aber ich verspreche Dir, es wird die Meldung des Jahres. Also dann bis morgen."

Er legte auf.

„Normalerweise machen wir das, aber diesmal nicht. So, nun noch etwas zum Ablauf. Walter wird die Kollegen begrüßen, dann werde ich etwas zum Ablauf sagen und Dich vorstellen. Und dann bist Du dran."

Der große Versammlungsraum von DAS war gerammelt voll. Die TV Gesellschaften hatten schon vor Stunden ihre Geräte aufgebaut. Es gab etwas Gerangel um die besten Plätze, wie immer, aber nun sahen sie uns erwartungsvoll an. Unsere Haustechniker hatten, in Erwartung des Andrangs, schon für entsprechende Elektroanschlüsse gesorgt. Es war heiß. Unsere hauseigene Beleuchtung war schon nicht schlecht, aber den Fernsehleuten reichte es natürlich nicht. Eine solche Veranstaltung hatte ich bisher noch nicht mitgemacht, und vor allem befand ich mich ja auf der Seite der Performer und musste liefern. Bisher hatte ich immer meine Arbeiten präsentiert und nicht mich, jetzt war ich anscheinend die Hauptfigur. Im Fernsehen hatte ich bisher immer nur auf der anderen Seite gesessen und konsumiert. Jetzt musste ich präsentieren.

Nun denn.

Es lief alles wie geplant ab. Ich gewöhnte mich schnell in meine Rolle, wich sogar zeitweise von meinem Manuskript ab. Anscheinend war unsere Story auch für die abgebrühtesten Kollegen spannend. Ob der Anruf noch rechtzeitig kommen würde? So langsam ging mir der Stoff aus. Ich erzählte schon Dinge die eigentlich unwichtig waren.

„Hat jemand Fragen dazu?

Viele meldeten sich.

„Ja bitte?"

„Hat Ihnen der Pilot Mortimer die genaue Absturzstelle genannt? Er hatte doch sicher die Koordinaten noch im Kopf."

„Leider nein, er starb bevor er mir die Daten geben konnte."

„Gibt es eine andere Möglichkeit, den Ort zu lokalisieren? Ich meine auf Grund der bekannten Aussagen des Piloten?"

„Es gibt da vielleicht eine Möglichkeit über die Handshakes der Motoren. Allerdings ist dies nicht sehr genau. Aber dazu kann Conrad Wollny Ihnen viel besser Auskunft geben. Er hat sich damit intensiv befasst. Bitte Conrad."

„Sie wissen sicherlich, was es mit diesen Handshakes auf sich hat. Einmal pro Stunde geben die Maschinen automatisch eine kurze Zustandsmeldung ab. Allerdings ohne Positionsbestimmung. Aus den empfange-

179

nen Signalen eine Position zu errechnen, ist ein sehr komplexer Vorgang, der außerdem nur ungenaue Daten liefert. Die Signale werden nur von einer Station empfangen. Daher gibt es keine Möglichkeit einer Kreuzpeilung. Man rechnet hier mit der Laufzeit der Signale. Da die sich bekanntlich in Lichtgeschwindigkeit bewegen, können Sie sich sicher vorstellen, mit welchen Millisekunden man es hier zu tun hat. Außerdem hat man versucht, über die Veränderung des Signal durch die Laufzeit genauere Positionen zu errechnen. Wie beim Licht, oder auch beim Schall, deren Signale sich ja verändern, wenn das ausstrahlende Objekt sich bewegt, so ist es auch hier. Nach diesen Angaben wurde auch das Suchgebiet festgelegt. Da der Pilot aber immer vor dem Sendetermin bewusst vom Kurs abwich, kann die Absturzstelle damit nicht ermittelt werde. Wir haben uns diese errechneten Positionen besorgt. Mit den Angaben des Piloten kann man vielleicht die Absturzstelle finden. Mit Sicherheit kann man das Suchgebiet dadurch stark eingrenzen."

„Sie wissen, wie der Pilot von seinem Generalkurs abgewichen ist?"

„Ja".

„Und wie hat er das gemacht?"

„Wir werden diese Informationen nicht veröffentlichen, sondern sie der Fluggesellschaft YellowBird kurzfristig zur Verfügung stellen. Wir möchten damit verhindern, dass sich private Firmen auf die Suche machen."

„Hat sonst noch jemand Fragen dazu?"

Man hatte zwar, aber die meisten Kollegen sammelten schon ihre Sachen zusammen. Es reichte ihnen.

Conrad hatte sein Handy vor sich liegen, zwar auf stumm geschaltet, aber online. Sein Blick war starr auf das Display gerichtet. Ich schaute zu ihm rüber aber er zog nur die Augenbrauen hoch. Es nützte nichts, ich musste zum Schluss kommen.

Dann sah ich, wie Conrad zu seinem Handy griff. Und Sekunden später verzog sich sein Mund zu einem breiten Grinsen. Er schrieb etwas auf einen Zettel und reichte ihn mir. Ich lass und grinste auch.

„Einen Moment noch liebe Kollegen, entschuldigt, dass ich so lange rumgelabert habe. Ich musste Zeit schinden um Euch brühwarm eine Nachricht präsentieren zu können. Hier ist sie:

Colonel Donald F. Parker wurde noch im Sitzungssaal verhaftet. Er steht in dringendem Verdacht an der Ermordung von 164 Personen an Bord des Fluges 327 beteiligt zu sein.

Es ging ein Geraune durch den Raum, dann leerte er sich schlagartig. Jeder wollte seine Nachricht an die eigene Redaktion weitergeben. Walter Steinbach klopfte mir wortlos auf die Schulter, Conrad war verschwunden. Ich saß plötzlich alleine hinter unserem

Pult. Als ich meine Manuskripte noch etwas zerstreut zusammen raffte, war Denise plötzlich da.

„Klasse," sagte sie noch, bevor sie mich stürmisch umarmte. Dann löste sie sich von mir und sagte etwas verlegen:

„Ich möchte mich noch bei Dir entschuldigen. War ziemlich blöd von mir."

„Ja, war es, hat mich auch sehr getroffen,"

„Das wars dann wohl mit uns?"

„Zumindest kann ich mir jetzt keinen Urlaub zusammen vorstellen, das würde ins Auge gehen. Ich brauche Zeit und Abstand. Meine vielen Termine in der nächsten Zeit werden mich über die Enttäuschung hinweg bringen. Wer weiß, vielleicht später einmal. Ich werde mich eventuell wieder melden. Denn, ich mag Dich eigentlich immer noch."

17

Steeprock Castle, Yorkshire, Landsitz von Baron Philip-Alexander van Holberg

„Kommen Sie rein," begrüßte van Holberg seinen Chefingenieur Professor Stratland,

wenn Sie die weite Reise auf sich nehmen gibt es

sicher gute Nachrichten über das Projekt Glasnost, oder?"

„Leider nein," antwortete dieser:

„Um es klar zu sagen, wir schaffen es nicht. Meine Experten sind ohnehin der Meinung, dass es physikalisch nicht möglich ist. Das haben sie von Anfang an vermutet. Wir haben es immerhin geschafft, ein kleines Stück Materie für die Radarstrahlen unsichtbar zu machen, aber Lebewesen hätten das nicht überstanden. Die Idee ist also für den gedachten Zweck nicht umsetzbar. Wir haben nicht die technischen Möglichkeiten es zu verwirklichen. Vielleicht später einmal, aber zur Zeit geht es nicht."

Und nach einigen Minuten setzte er hinzu:

„Wir haben dazu die weltweit besten Experten herangezogen. Aber keine Chance."

„Die Ingenieure von GSE haben aber doch ein Patent darauf eingereicht, da muss es doch funktioniert haben. Hat das jemals einer nachgeprüft?"

„Das Patent ist nie erteilt worden. Das wurde bisher verschwiegen. Es könnte durchaus sein, dass es sich um einen Betrug handelt. Die Ingenieure konnten wir ja nie befragen, da sie bei dem tragischen Flugzeugunfall alle ums Leben gekommen sind."

Er betonte bewusst das Wort "tragisch."

Van Holberg schaute lange aus dem Fenster, dann sagte er kaum hörbar:

„Das heißt also, wir wollten Milliarden verdienen, stattdessen haben wir mal schnell 100 Millionen Dollar in den Sand gesetzt?"

Und nach einer ganzen Weile fügte er hinzu:

„Somit sind auch 165 Menschen völlig umsonst gestorben."

„Könnte man so sagen," antwortete der Professor.

Zwei Tage später erfuhr man in den Nachrichten, dass Baron Philip-Alexander van Holberg bei einen Jagdunfall in den Highlands tödlich verunglückt war. Ein Schuss hatte sich versehentlich gelöst. Van Holberg galt als sehr erfahrener Jäger. Dass hierbei ein Zusammenhang zwischen den kürzlich veröffentlichten Memoiren des Flugkapitäns Malcolm Stanley Mortimer, Pilot des Fluges 327 von Singapur nach Peking vor sechs Jahren und dem Unternehmen GSE besteht, das sich im Besitz des Barons van Holberg befindet, ist reine Spekulation.

Taschenbuch 160 Seiten, 6,99 €

ISBN 9783744893572

Taschenbuch 240 Seiten, 8,99 €

ISBN 9783743116177

Taschenbuch 223 Seiten, 8,50 €

ISBN 9783754338957